U0131006

INK INK INK INK INK INK

INK INK INK INK INK INK

中國歷代爭議人物 10

功過難斷 李鴻章

張家昀◎著

前言

編輯部

一提到清朝中葉之後知名的人士，腦中自然浮現幾個名字，像是曾國藩、李鴻章、左宗棠等。在滿州人剛入主中原的局面下，向來重用自己人，對於漢人很少給與實權；然而承平日久，滿洲人的後裔慢慢喪失了當年躍馬逐鹿的氣魄，襲染了庸懦嬌貴的生活形態，如果太平無事，這個龐大的政治機器還可正常運作，一旦邊疆烽火，內地民亂，便不免捉襟見肘。清朝皇帝眼見子弟無能，不得不重用漢人中之佼佼者，才給了曾國藩等人崛起的機會。話雖如此，但這些漢人也是沈潛日久，好不容易才熬到出頭的日子。像本書主角李鴻章，他一直到四十歲才嶄露頭角。幸好他夠長壽，若是他只活了鄭成功的年紀（三十九歲）便與世長辭，那一生也只不過是曾國藩的幕僚罷了，而中國的近代史也將別有一番面貌。不惑的李鴻章從此青雲直上，充分展現中國人會做官的本領。

他實在太會做官了！凡是對他有利的，即使須忍辱負重，也絕不推辭；需要行賄買通的時候，更是捨得撒銀子；面對他人「孝敬」，也能面不改色，收而納之。但

——他確實眞的能文能武，爲了撐起清朝這個大國，以維護自己的高官厚祿，周旋百官之間，出將入相，捨我其誰；周旋各國之間，挾外自重，誰出其右。讓舉朝上下都以他爲第一把交椅，這樣的本事，當今政壇已看不到了。

只可惜，他所面對的變局是古書沒有記載的世界，又因爲生活環境所限，難以有正確的國際觀，因而一再做出「前門拒虎，後門進狼」的糊塗抉擇。清朝靠他撐持，但也可說是斷送在他的手裡。不過，他來不及看到政權易幟，天下鼎沸了。光緒二十七年（一九〇一年），七十九歲的他鞠躬盡瘁，死在和八國聯軍斡旋議和的時候。死後，慈禧太后、光緒皇帝爲他舉辦隆重喪禮，哀榮至極。若是再晚個幾年，恐怕孤臣遺老，死無其所了。

多少君臣將相，在太平與戰亂、興盛與衰亡中創造歷史，留下不朽的功業和萬世的罵名。他們毀譽參半，褒貶不一，是可敬可愛，也是可憎可厭的爭議人物。

功過難斷

李鴻章

目錄

【下篇】 是非爭議 161

【上 篇】

李鴻章傳

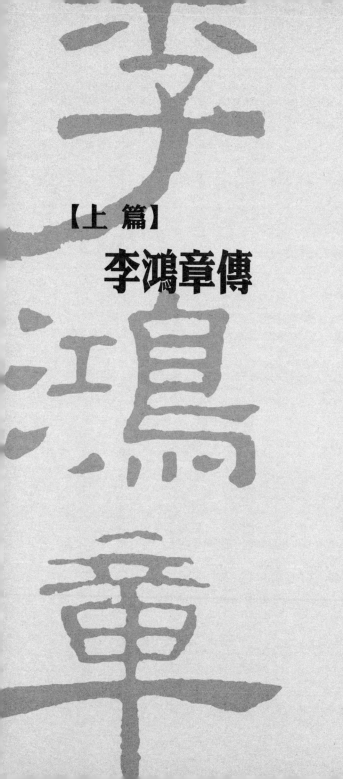

一、家鄉與家族

家鄉

在晚清的中國近代史中，出現了一位非常重要的關鍵人物，他不論在生前死後都是褒貶互見，成爲一位雖蓋棺卻難論定的爭議人物；他就是李鴻章。

李鴻章本名章銅，字漸甫，號少荃，晚年自號儀叟，死後被諡爲文忠。安徽合肥縣人，合肥在清朝屬於廬州府，位居淮水和肥水的交會點，東南即是巢湖，在地理形勢上屬於巢蕪盆地，位於大茅山、天目山、黃山、九龍山、霍山、八公山諸山之間。李家世代居住在合肥的東鄉，這裡是環境非常優美的鄉野，一年四季都有不同的美景，李鴻章的父親李文安曾以詩句「春城聽鶯，秋園訊竹，荷軒賞雨，梅屋銷寒」來形容這裡的景色。尤其是他家的書房名爲棣華書房，又叫棣萼書屋，是一座有水池、花樹環繞的樓閣，李文安回憶幼時讀書的情景說：

「想起小時候，和哥哥們一起在棣華書屋讀書。門前就是一片水池，水光映照到屋中。菊花遍地，中間夾雜著幾株楊柳。這時候，我們兄弟在房裡談論著經書……」

就在這優美的環境中，孕育出李氏一家喜愛詩文的風氣。

先世

李鴻章生於道光三年（一八二三年），當時歐洲正是拿破崙戰敗後五年，美國正值門羅主義宣布之時。李家本來姓許，因爲祖先許迎溪娶了同村的李家小姐，且和李小姐的兄弟李心莊相處得非常融洽，李心莊沒有兒子，便向許迎溪請求，收養許迎溪第二個兒子愼所，從此以後愼所的子孫便開始姓李。李家和一般的傳統農家一樣，世代以耕讀爲業，並學習武術。從李愼所開始，經過君輔、漢昇、士俊、鳳益、慶庵，到李鴻章的父親李文安，一共七世。

李鴻章的曾祖父李椿，字鳳益，祖父李殿華，字慶庵，雖都沒有做過官，但據說在當地也頗負盛名。李殿華是武庠生（府或縣學校的生員），但兩次鄉試都沒考上，所以從此放棄求取功名的念頭，留在家中帶著子孫一面種田一面讀書，將近五十年沒再踏入城市一步。道光二十六年（一八四六年）去世，享年八十二歲。後來李鴻章兄弟在修《廬州府志》時把他列入《孝友傳》。直到李文安以進士出身，官居刑部郎中，記名御史，按照慣例榮顯三代，追贈官爵，曾祖母裴氏、祖母周氏、母親李氏，也都贈爲一品侯夫人。至此，李家從耕田習武的合肥李家，搖身一變成爲廬州的望族。

父母

李鴻章因父親開設家館教書，所以從小就跟著兄弟和鄉里中其他學生一起讀書，啓蒙老師便是他的父親李文安。李文安在道光五年（一八二五年）便中了秀才，但參加鄉試卻屢次落榜，所以常常藉酒澆愁作詩自誦，如：

年年落魄多貪酒，老去猖狂半在詩。
到底不除文字累，雕蟲時作壯夫為。

道光十四年（一八三四年），李文安終於在鄉試中中了舉人。接著在道光十八年（一八三八年）又和曾國藩等人同年考中進士，從此結下了曾、李兩家不解的因緣。道光二十三年（一八四三年）李文安官居刑部郎中，寓居北京，當年李鴻章二十一歲，被選爲優貢，便與父親同去都城，目的在參加第二年京兆的鄉試。咸豐四年（一八五四年）太平天國之亂，李文安回到安徽北部組織團練，和袁世凱的叔叔袁甲三，奉命駐守在臨淮河附近，只可惜李文安次年六月沒有立下什麼戰功就病死了。文安一生爲人方剛厚重，在刑部做了十八年的官，卻沒有使原本並不富裕的家庭經濟有任何改善。

李鴻章的外祖父李騰霄是合肥處士，因爲李家本姓許，所以對族外的李姓可以通婚。李文安十八歲時娶了比他大一歲的李小姐，李小姐非常賢淑而且沒有纏足，所以當李文安到私塾教書時，她便下田工作（在巢蕪盆地，一般都是女子下田耕種）。當時大家庭中食指繁多，經濟又拮据，所以養成了勤勞節儉的習慣，即使到李鴻章兄弟都位居高官，家財萬貫之時，李太夫人的勤儉還是被大家所稱頌。

李太夫人在晚年時分享到兒子的成就與榮耀，光緒七年（一八八一年）慈安太后葬禮時，李鴻章奉命爲「題主大臣」，也就是受命在慈安太后的神主牌位上寫字；這通常是朝廷中地位最高的大臣才能擔當，因此光緒帝特別賞賜給他一件非常名貴的白色貂皮。第二年，李鴻章寫信回去稟告母親：

「因爲替慈安太后的神主牌位題字，所以皇上賞賜了一件白色貂皮，這本是親王才能穿著的顏色，在朝廷的內親大臣一共也只有八件，如今我卻蒙受這份特殊的榮耀，依理應該讓老母親享用。正好這時有人送給您媳婦趙氏做皮衣面子用的緞料，所以我要裁縫爲母親做了一件大衣，隨信一起帶回，在年前的好日子拿出來穿。」

由此可見當時李鴻章在朝廷中的地位。

光緒九年（一八八三年），這位享年八十四歲的李太夫人去世，當時她已有孫子二十二人，孫女二十五人，曾孫八人。李家子孫將老母親的靈柩送回老家，和父墳一起合葬於合肥縣東南葛洲新塋。

兄弟

李家在李文安之時，已是一支人丁興旺支系龐大的大家族，李文安死後，因李鴻章的官位顯赫，所以逐漸成爲這些支系葉脈的中心人物，影響著他的兄弟、妻子、兒女、及姪甥們。

李鴻章一共兄弟六人，姊妹二人。大哥李瀚章本名章銳，字筱荃，因爲科考時不順利，所以當父親李文安在北京任官時，他便留在家中侍奉祖父，照顧弟妹，一直到道光二十九年（一八四九年）才獲得拔貢，因朝考（皇帝親自御試）一等，而被分到湖南去做知縣。李瀚章曾拜曾國藩爲師，而且師生關係非常密切。在對太平天國作戰時，李瀚章雖沒有帶兵打仗立下戰功，但因在湘軍辦理了多年的糧運工作，有不少勞績，所以當同治九年（一八七〇年）慈禧太后授李鴻章爲直隸總督，曾國藩爲兩江總督時，李瀚章也做到湖廣總督。光緒八年（一八八二年），李瀚章因母親去世回家守喪，失去湖廣總督的職位，開始賦閒，一直到光緒十四年（一八八八年）才再出任漕運總督，後來又調任兩廣總督。

甲午戰後，大家都乘勢彈劾李家，而光緒對李家也多有不滿，所以於光緒二十一年（一八九五年）下令，要馬丕瑤查辦有關「李瀚章放縱賭博釀成禍害，貪求私利收取賄款，光在光緒十六年（一八九〇年）生日之時，就收了壽禮百萬兩黃金等事」。當時在兩廣地方盛行一種賭博，就如同現在的大家樂，但簽的不是數字，而是當年考中進士的某姓有幾人，賭金之大足以使人傾家蕩產，而地方官府又往往是組頭。這次事件雖然因爲查無實據而沒有定罪，但也使李瀚章面子十分難堪，所以不久便辭去官職，告老返鄉。在回鄉前他曾約李鴻章一同告老退休，以免因甲午戰敗而一再受人指責，但李鴻章卻毅然回答：「不論是苦是樂都應該和國家一同度過」。

李瀚章退休後，過了四年蕭索的生活便去世了，享年八十歲。

這位李家的長兄雖然位居光祿大夫太子少保兩廣總督，但面對名蓋一世的二弟時總是矮了一截，因此兩人常有尷尬的場面出現。就像光緒二十二年（一八九六年），李鴻章赴俄前到達上海，英、法領事都向李鴻章致意，而招商、電報、織布三局共同舉行公宴。這時李瀚章也在上海，所以也被邀請，但在座位排定時，大家都不知道該以誰爲首位。因爲如果以兄弟論，應該以李瀚章爲首位，但以事功論，卻應以李鴻章爲首位，所以後來決定暫不排定席次，到時候隨機應變。當李鴻章到時，神色自然，毫不謙讓地往首位一坐並說：「今天諸君既以歡送我而設宴，那我就不客氣嘍！」在座的衆人聽了都非常驚訝，而李瀚章也只有神色默然地屈居次席。

三弟鶴章本名章鋑，字季荃，小李鴻章兩歲，文章詩詞都寫得非常好，可是運氣卻沒有兩個哥哥好，連個舉人都沒有考上。他早年也曾隨兄長參加討剿太平天國的戰爭，頗有戰功，可是捻亂平定後，便賦閒在家。光緒初年，李鴻章獲得康熙年間修的舊《廬州府志》，想起自己家人及淮軍將領多來自廬州，於是想重修《廬州府志》，好使淮軍的戰功長留史冊。他把這份工作交給李鶴章，李鶴章花了很大的心血，在家鄉實地參與編纂。光緒六年（一八八〇年）李鶴章去世，享年五十六歲，留下的工作由四弟李蘊章的兒子、進士出身的李經世做全書文字的潤色、續補遺，而將全書完成。

四弟蘊章生於道光九年（一八二九年），本名章鈞，字和甫，又字和荃。十三歲時得了眼疾，從此放棄科舉考試而留在家中整治家事，光緒十二年（一八八六年）去世，享年五十八歲。

五弟鳳章，本名章銓，字稺荃。他的天資較差，所以從小便沒打算要求取功名，而從事經商。後來得力於兄長的幫助，在合肥及上海都擁有許多財產，光緒十六年（一八九〇年）去世。到此時李家六兄弟中，四個年紀較小的都已去世。

小弟昭慶，本名章釗，字幼荃，生於道光十五年，比李鴻章小了十二歲。昭慶在小時候便顯得很聰明，李文安在〈懷釗兒〉詩中曾寫道：「小時誠了了，長大豈不佳。」可是昭慶在科考場中卻屢次失敗。當太平軍和捻匪之亂時，昭慶追隨曾國藩和李鴻章的軍隊到處征伐，很得到兩人的喜愛。同治十二年（一八七三年），李鴻章最器重的小弟李昭慶病逝天津，死時才三十九歲，死後追贈爲太常寺卿，並著有《補拙齋詩文集》。

李鴻章有兩個妹妹，大妹生於道光八年（一八二八年），嫁給同住合肥縣的張紹常。張李兩家原本就是表親，現在親上加親，而張家經濟較富裕，所以李鴻章年輕時常到張家借錢，連結婚和旅費等也常靠張家資助。可惜同治六年（一八六七年）這位妹妹便去世了，妹夫張紹常後來也參加淮軍，對抗太平軍，因戰功而升爲都督。外甥張士珩（一做衍）則一直跟著舅父李鴻章直到甲午戰後。二妹玉娥，從小就喜歡讀書，後來嫁給同村的費日啓，費日啓也曾跟著李鴻章到江蘇治理軍事，被保薦爲江蘇候補知府，二妹玉娥死得很早，只活了四十三歲，但頗有文才，著有《養性齋全集》！

妻子

李鴻章的元配姓周，道光二十六年（一八四六年），李鴻章中舉後兩年，返回合肥和同鄉的周氏女結婚。咸豐四年（一八五四年），當太平軍攻打廬州時，李鴻章的家產全被太平軍奪去，夫人周氏也被俘，所幸不久就逃了出來。隨後幾年因與太平軍作戰的關係，李鴻章常常帶著母親及妻子東飄西蕩過著不安定的日子。周氏於咸豐十年（一八六〇年）病死江西。在她生前李鴻章一直都很不得意，而周氏也沒爲李鴻章生下兒子，只生了兩個女兒，所以她在生前是沒享到什麼福的。

同治二年（一八六三年），李鴻章已四十一歲，又做了次老新郎。這次娶的是安慶府太湖縣的世家趙氏，趙小姐的祖父是嘉慶元年的狀元，而父親、哥哥、姪兒也先後考中進士，眞可謂書香世家。趙小姐當時才二十六歲，足足小李鴻章十五歲，大家稱她爲繼配夫人趙夫人，趙夫人在結婚次年就爲李鴻章生了一個兒子——李經述。有一次趙夫人生了重病，看了很多中醫都無效，後來就請英國醫生來診治，不久便痊癒了，從此李鴻章篤信西醫，並熱心推廣，贊助天津設立西醫院。後來，國父孫中山先生就讀的香港西醫書院，李鴻章也是校董，所以國父才由此關係上書李鴻章，而在中國近代史上產生了極大的影響。光緒十八年（一八九二年），趙夫人病死在天津，享年五十六歲。

在李鴻章晚年陪伴他的是莫氏。莫氏本是光緒六年（一八八〇年）一位四川人送給李鴻章的侍妾，身分卑賤；但因前面兩位夫人都已去世，所以當李鴻章死後，莫氏便被封爲一品夫人，有時人生的命運實在很難論定。

子女

李鴻章死後有三子、三女送終。因爲元配只生了兩個女兒，李鴻章年過四十還沒有子嗣，於是將小弟昭慶的兒子李經方（或作芳）過繼來做兒子。後來趙夫人及莫氏雖然又生了好幾個親生兒子，但李經方卻是李鴻章晚年最得力的左右手，每次出國、交涉多半攜他同行，並爲他娶了曾紀澤的女兒爲妻。

李經方在光緒八年（一八八二年）考中舉人，但進士卻屢考不中，所以光緒十二年（一八八六年）當李經方又落榜後，便攜家到英國倫敦做外交參贊。其實早在光緒四年（一八七八年），李經方就開始學英文，作爲日後從事外交的本錢。光緒十六年（一八九〇年）李經方奉派出使日本，收了日皇時仁的外甥女爲義女，並將她與自己的兒子訂親，相傳李經方還在日本開了家銀行；所以訂定馬關條約時，李鴻章特別攜他同行。光緒帝並命李經方赴台商討交割事宜，因爲當時台灣民情激憤，視李氏父子爲賣國賊，李鴻章十分擔心李經方到台灣的安危，於是強勸福士達（美國前國務卿，馬關條約時顧問）同行，以護衛他的安全。後來李鴻章赴俄賀俄皇加冕及遊歷歐美各國時，清廷顧念李鴻章已是七十餘歲的老翁，特派李鴻章的親生長子李經述同行照料，可是李鴻章卻不惜與中樞大臣互相辯論，力爭李經方同行，最後李經方終能同行，並在往後的中俄談判中，占有舉足輕重的地位。

雖然李經方有如此良好的政治關係，但他在政治上非但沒有任何可供一提的建樹，反而扮演著小人的角色，專爲李鴻章收取紅包，當時人稱李鴻章爲「千萬人」，李經方爲「無底窟窿」。也因此在事業上，李經方和李鴻章的關係比任何一個親生兒子都來得親密。

李鴻章的親生長子李經述，光緒十年（一八八四年）中了舉人，娶妻朱氏，曾奉李鴻章之命到上海籌畫恢復織布局。李鴻章赴俄時，清廷也特賞李經述三品官銜同行，李鴻章死後，由這位親生長子襲得爵位，這大約是李鴻章的意思。但還沒等到李鴻章下葬，李經述便去世。而由經方、經邁將李鴻章運回老家下葬。

另外一個兒子李經邁娶妻邊氏，也曾學習英語，但除了靠父親的關係收賄外，沒有什麼特別的事蹟。此外還有兩位夭折的兒子經遠、經進。經進是莫氏所生，當光緒十八年（一八九二年）正月初五李鴻章七十大壽時，這是他一生光榮的頂點，天津各界爲他舉行盛大的祝壽典禮，慈禧太后、光緒皇帝都親賜壽聯，可是次日李經進卻病死了，當時虛歲才十五歲。小病三天竟然夭折，也許是大家都忙著爲李鴻章祝壽，而忽略了這位正在生病的小兒子吧！所謂福無雙至，禍不單行，同年六月十日，陪伴李鴻章度過人生最風光三十年的趙夫人也與世長辭。再過兩年甲午戰敗後，李鴻章的聲勢便一落千丈了。

三個女兒中，一個嫁給官居同知的濰縣人郭恩垕（厚的古字），一個嫁給官居四、五品京堂、前署都察院左副都御史、翰林院侍講學士的豐潤人張佩綸，一個嫁給官居主事的宜興人任德龢；其中以張李聯姻最引人注目。

張佩綸是翰林院出身的御史，屬於當時的「清流派」，所謂「清流」是當時一些年輕文士，如張之洞、潘祖蔭、黃體芳、寶廷、劉恩溥、陳寶琛、鄧承修等，因爲氣味相投而常在一起，奉李鴻藻爲領袖，專門指責朝政，抨擊權要，彈劾貪污瀆職的人，而張佩綸又是這批人的中堅，被他彈劾而去職的官員爲數不少。光緒十年（一八八四年）中、法爲越南而起衝突，張佩綸等「清流」人士都主張用兵，當時李鴻章和他並不認識，但相當欣賞他的文章，視他爲天下奇才。又看他一向喜歡談論軍事，常將一部《孫子兵法》帶在身邊翻閱，以爲他對軍事有相當的研究。於是保舉張佩綸奉命會辦福建海疆事宜，加三品卿銜，後來又命署船政大臣，可是當中法馬江海戰時，因張佩綸絲毫不懂海戰，調度乖張，當法艦來襲時，竟使七艘兵船全被擊沉，張佩綸張惶失措地棄艦而逃，把靴子都跑掉了，到現在馬尾的崖石上還刻有「張佩綸隻靴逃此」的字樣。馬尾戰敗後，張佩綸被外放到新疆，而李鴻章也受連帶懲罰，被「褫奪黃馬褂，摘去雙眼花翎」。

張佩綸雖被外放到新疆張家口「軍台效力」，但事實上並沒吃什麼苦，因爲到了清末，所謂外放，其實只是虛應故事，並不像清初那樣確實擔任戍守工作。所以張佩綸在塞外只是每天看書著書，和各方應酬來往，就這樣過了三年整。光緒十四年（一八八八年）張佩綸戍滿回到北京，這時張佩綸已四十開外，先後兩任妻子都已去世。而李鴻章當時以大學士兼領北洋大臣，直隸總督，特別把張佩綸留在幕府裡代辦一些奏疏的工作。有一天李鴻章生病，張佩綸到內書房看他，匆匆瞥到李小姐菊耦。李小姐爲趙夫人所生，當時雙十年華，敏麗能詩，很得李鴻章的喜愛。張佩綸看到李小姐的詩稿，其中有一首〈馬江感事〉寫著：

雞籠南望淚潸潸，聞道元戎匹馬還，
一戰豈容輕大計，四邊從此失天關，
焚車我自寬房琯，乘障伊誰任狄山，
成敗由來難逆料，更無霍衛濟時艱。

此詩將張佩綸比喻爲唐時好空談的名士房琯，他後來帶兵討賊大敗，但皇帝卻不怪罪。張佩綸爲此十分感動，託人到李家說媒，李鴻章欣然同意，並對這一門親事十分滿意，但這段姻緣在晚清名諷刺小說《孽海花》一書中卻被描寫得十分不堪。

張佩綸雖然得了一位有錢有勢的老丈人，但仍然賦閒了十二年，一直到光緒二十六年（一九〇〇年）庚子義和團之亂，八國聯軍攻陷北京，李鴻章主持和議，張佩綸才再以編修起用，隨同辦理和約之事，第二年辛丑和議完成，清廷授他爲四、五品京堂，但張佩綸稱病不願出任。光緒二十九年（一九〇三年）卒於南京，結束這位「天下奇才」失意的一生。

晚輩

除了李鴻章的子女外，還有兩位姪、甥值得一提。有位不肖的姪子於光緒十三年（一八八七年）在合肥殺了人，被當時正直的合肥知縣孫葆田定罪，但是安徽巡撫和廬州知府都因懼怕得罪李家將影響自己的前程，所以都不敢定罪。李鴻章雖稱孫葆田定罪定得對，並將他比喻爲漢代不怕惡勢力、嚴刑峻法的酷吏；但李家聲勢在當時實在沒人惹得起，這件殺人案最後還是不了了之。

另外有一位外甥（李鴻章長妹的兒子）張士珩，張士珩在中日甲午戰爭時擔任軍械局總辦。當戰爭開始時他曾以父喪爲由請求辭職，但李鴻章堅決挽留他。李鴻章說：「現在正當軍務緊急的時候，你所管的軍需器械是件重大的事，怎能說走就走？你也看到我日夜都在爲國辛勞，你卻以私人事情請求辭職，即使你死去的母親也不會同意你的做法。你家自從咸豐年間太平天國之亂後，和我患難與共了將近二十年，如今家道才剛能自立，如果你稍知大義尚有血性，難道能忘記這些嗎？」

這些話暗藏玄機，果然，不久就有人彈劾張士珩貪污，專買不能用的彈藥，李鴻章出面辯白：

「道員張士珩對西洋軍火器械探討研究已經很久。事實上並沒有盜換抵用無用軍火的弊端。張士珩雖然是我的外甥，但我本著內舉不避親的大義，認為並沒有應該禁止的地方。近來有很多諫官，都說張士珩貪污瀆職，但都沒有確實證據，假若朝廷對這些彈劾信以為眞，那我們這些辦事的人，眞不知該如何辦事。」

可是北洋艦隊沒有彈藥是事實，當甲午戰敗後，光緒帝下令：

「天津軍械局道員張士珩，已攜家帶眷離去，平日盜用軍火數量高達數十萬兩，現在命令張之洞負責追查緝拿張士珩。」

張之洞以辦理軍資不實的罪名將張士珩拘留，雖然後來繳了三十萬兩了事，可是沒多久，衛汝貴（因甲午戰敗而下獄）的妻子又控告張士珩，說衛汝貴戰敗是因為張士珩所發的子彈都不能用，於是朝廷再下令緝拿張士珩到北京治罪，張士珩眞可謂「人在江湖，身不由己」了。

二、摸索自己的道路

早年的歷練

李鴻章在清末掌大權二十五年，早年雖以二甲進士翰林院庶吉士出身，但也曾失意賦閒，在四十歲以前一直無法一伸大志。這也許正是孟子所謂：「天將降大任於是人也……行拂亂其所為。」可是李鴻章後來是否能珍惜這份上天所降的「大任」，在歷史上卻一直是仁智互見。

李鴻章在二十一歲時以優貢生的身分，隨父親來到北京，次年考中舉人。二十三歲時因父親的關係拜在曾國藩門下，學習義理經世之學，從此師事曾國藩終生不二。年輕的李鴻章英俊聰慧，能倒誦《春秋》，很得曾國藩的喜愛，稱他是「才可大用」。道光二十七年（一八四七年），二十五歲的李鴻章中了二甲進士，授為翰林院庶吉士，後來又擔任武英殿纂修，國史館協修，這在當時可以說是正途學歷的頂點，公認的一流青年才俊。

咸豐二年（一八五二年）太平天國之亂逐漸擴大，清廷命令各省士紳組織團練以求自衛，李鴻章這時也回到合肥，奉當時安徽巡撫李嘉瑞的命令協辦團練，在裕溪口與太平軍作戰一戰得勝。咸豐四年（一八五四年），合肥縣所在地廬州府已陷入太平軍之手，此時李家的家產也被洗劫一空，夫人周氏被俘，咸豐帝授命福濟爲安徽巡撫，與江南、江北大營的琦善、向榮一同規畫收復廬州。這時李鴻章向福濟提出他的軍事建議，他說：

「要想收復廬州，必須先取得敵人已占領的含山和巢縣，這樣才可以斷絕敵人的後援。」

福濟認爲很有道理，便上奏：

「李鴻章熟悉巢縣一帶情形，希望能命他一同參加攻守作戰。」

於是李鴻章督導團練與太平軍連日大戰，殺傷了太平軍六、七百人，再加上有內應在城內，不久便收復了含山縣城，福濟乃再上奏獎賞李鴻章。這一年李鴻章三十二歲，戰場上的勝利，雖然使他得到翰林而知兵的名聲，但也因此使他意氣飛揚，一般人都不能接納他。所以這一切不僅沒有給他帶來好運，反而使才高氣傲的李鴻章，在往後的七年中飽受失意之苦。

咸豐五年（一八五五年），李鴻章的父親李文安病死在合肥的軍中，李鴻章暫時離開軍營回家奔喪，在李鴻章離營的同時，攻打巢縣的部隊卻全軍覆沒，所以福濟又上奏要李鴻章留在軍營中繼續效力，也就是說李鴻章雖回家奔喪，但不用守制（父丁憂要守制三年）。往後的兩年，李鴻章繼續率領團練到處東征西討，其間收復了合肥等地，使皖北的局勢逐漸平定，但福濟對李鴻章的猜忌也愈來愈深。咸豐七年（一八五七年），福濟終於上奏李鴻章服喪已滿，命他將經手團練料理完畢回去北京；也就是說李鴻章從此開始賦閒。

從咸豐三年到七年這五年的軍旅生活，李鴻章一直感到並不得意，處處受到限制排擠，他曾說：

「我輾轉軍伍之間，一直沒什麼成就，長久以來一直計畫到別的地方去謀發展。」可是賦閒後，他雖被授命爲福建延郡建道，但這只是個「候補」道台，並沒有實在的官位。

入幕之賓

到了咸豐九年（一八五九年），李鴻章賦閒已經兩年了。這時因長兄李瀚章在江西曾國藩的幕府中工作，於是他便到建昌去拜謁老師曾國藩，想謀一點工作。可是李鴻章在建昌住了一個多月，卻一點消息也沒有，便拜託當時也在曾國藩處工作的同年陳鼐到老師那兒打探一下。陳鼐找了機會向曾國藩進言說：

「李鴻章從前也曾拜在您的門下學習義理，現在仍然願意來侍奉老師，希望能藉此機會多磨練磨練，也好長長學識，學學辦事。」

曾國藩聽了笑著回答說：

「李鴻章啊！他是個有名的翰林，志大才高。我這裡的局面太小，像他那樣如艨艟巨艦的才子，哪是我這小小的淺水所能容納，何不叫他回到北京翰林院去上班呢？」

曾國藩故意挫李鴻章的銳氣。陳鼐又爲李鴻章進言說：

「李鴻章這幾年受過很多折磨，已經不像從前那樣意氣飛揚，老師爲何不招他來試試看？」

曾國藩這才召見李鴻章，從此李鴻章正式進入曾國藩的幕府工作，師生二人從此每夜深談軍事，策畫軍機。

當時曾國藩的幕府可說是人才濟濟，多的是舉人、進士、翰林。李鴻章在咸豐

八、九年（一八五八、九年）的江西戰事中雖爲湘軍立下戰功，但一直屈居幕僚的工作，沒有正式的官職。咸豐十年（一八六〇年）李鴻章三十八歲，當時曾國藩已正式授命爲兩江總督，左宗棠也已經升爲「四品京堂」。雖然曾國藩上奏推薦李鴻章擔任「兩淮運使」，但正好碰上英法聯軍攻破北京，咸豐帝北逃至熱河，倉皇之間沒注意到這件事，因此李鴻章自認爲懷才不遇，感嘆地說：「只怕這輩子沒做官的分了。」

梁啓超在所著《論李鴻章》一書中，曾對李鴻章這段「不得意」的生涯，有這樣的幾句話：

「啊呀！這是上天所用來扼殺李鴻章呢？還是上天用來厚待李鴻章呢？在這顚沛流離的十餘年中，使他的氣勢更磅礴，才智更成熟，作爲他日後成功地擔當大事的條件。而追隨贊助曾國藩的幾年中，又是李鴻章最好的實驗學校，所學的一切終身都能受用。」

在曾國藩的幕府中，曾國藩雖然盡力栽培、教導、磨練李鴻章，但其間也曾發生過幾次摩擦。曾國藩有一套自己定的規矩，例如早上會餐，湖南人的習慣（尤其在衡陽以北），都是在早晨天亮後不久，便吃一頓豐盛的早餐。這頓早餐通常是八碗四碟的大菜，至少也要有六大碗一湯。所以每天早上曾國藩都要和幕友們共餐；這種習慣和江南不同，和以麵食為主的皖北更不同。李鴻章是皖北合肥人，對天一亮就吃一頓乾飯，大為所苦。有一天他就推說頭痛，不起來參加早上的會餐，可是曾國藩再三派人來催，李鴻章只有披了衣服，慌張地去參加早餐。吃完飯後曾國藩放下筷子，正色地對他說：

「鴻章！你既然到我幕府中工作，我有一句話要告訴你，這個地方所崇尚的，只是一個誠字而已。」

李鴻章聽了後肅然大懼。

又有一次，原先同為幕友的李元度初當大任就作戰大敗，而使徽州失守。曾國藩對李元度掩飾自己的過錯，又不肯聽從指揮非常生氣，想要彈劾李元度的罪行，但李鴻章不贊成這樣做，他說：

「徽州失守，並非李元度的過錯，而且大家在一起共患難這麼久，怎可以彈劾他的罪行。」

曾國藩不肯聽，李鴻章便說：

「如果一定要彈劾李元度，學生不願擬這份奏摺。」

曾國藩說：

「那我自己來寫。」

李鴻章接著說：

「如果這樣，那學生也要辭職。」

曾國藩說：

「請便。」

後來曾國藩還是上奏彈劾了李元度，李鴻章於是自請辭職，曾國藩也同意他離去，並對人說李鴻章是個「不可共患難」的人。就這樣李鴻章離開了江西，回到合肥又賦閒了一年多。

事情發生之後，李鴻章想到福建延郡去做候補道台，便寫信給沈葆楨詢問有關福建的情形，沈葆楨勸他：「不可以自己看輕自己，而到無法一伸志向的地方。」於是李鴻章便打消到福建的念頭。到了咸豐十一年（一八六一年），郭嵩燾一再寫信勸李鴻章回到曾國藩的幕府中工作，郭嵩燾說：

「從各地崛起的英豪，想要立功留名，都必須有所因循依靠。放眼今日天下，除了曾國藩，還有誰值得投靠呢？」

所以李鴻章又想要回曾國藩的幕府去。

正好此時，曾國藩兄弟的軍事一連傳來捷報。先是太平軍的李秀成猛攻江西，曾國藩派湘軍「霆字營」主帥鮑超去迎戰。結果鮑超一到九江，李秀成便聞風退出瑞州、奉新、靖安、安義四個據點。鮑超乘勢追擊，一路收復了許多城邑，最後在豐城和李秀成的主力軍相遇，鮑軍殺了太平軍七、八千人獲得大勝。曾國荃也乘著鮑、李對峙的機會，攻下了南京上游第一重鎮——安徽省城安慶，曾國藩立刻將大本營移到安慶城內，清廷也頒下各種升遷獎賞來犒賞湘軍。趁此時機，李鴻章從江西寫了一封祝賀信給曾國藩，試探化解兩人先前的不愉快。曾國藩立刻回信：

「如果江西沒什麼事做，就馬上到這裡吧。」

於是李鴻章整理行裝，前往安慶，重新加入曾國藩的幕府，結束了第二段賦閒生活。

雖然李元度事件曾使師生二人決裂，但李鴻章的再次前來，卻更得到曾國藩的信任，這時候李鴻章已年近四十。咸豐十一年（一八六一年）二月，李鴻章奉曾國藩之命到合肥成立淮軍，他聯絡舊有的安徽團練周盛傳兄弟、劉銘傳、張樹聲、吳長慶等人，編爲四個營向安慶集中。到達安慶後，曾國藩又怕淮軍新成立，沒有作戰經驗，便將湘軍的程學啓、郭松林、楊鼎勳、劉秉璋等編入淮軍，總計六營、五千五百人。

閏二月四日，李鴻章隨曾國藩一同檢閱淮軍，從此淮軍正式成立。

當咸豐十一年（一八六一年）時，李鴻章已奉詔署理江蘇巡撫。兩年後，曾國藩正式上奏，保薦李鴻章擔任江蘇巡撫，當時曾國藩用了一句很有名的推薦語：

「李鴻章才大心細、勁氣內斂，可以擔當重任。」

在前後短短的幾年中，李鴻章就從「只怕這輩子沒做官的分」搖身一變，成為擁有一支自己軍隊的「封疆大吏」江蘇巡撫。這一切的改變除了他自己的才智與努力以外，恩師曾國藩對他的磨練與提拔更是重要。

淮軍的創立

淮軍成立之初，組成分子大約可分為三種，一是廬州、合肥一帶的鄉勇，二是原屬湘軍的幾個營，三是太平軍的降將程學啓及他所帶的三百名長毛（太平軍的俗稱）。這三種人結合成「淮軍樹、盛、銘、鼎、勳、開」六個基本營，此處的營不同於現在軍中的營，而是由曾國藩所創設的湘軍單位。淮軍成立後，一切組織章程都沿襲湘軍，開始時一營大約五百人，後來由於戰爭的需要而陸續增加人數，使營的人數愈來愈多。以下簡述淮軍六個基本營的概況：

㈠樹字營：由張樹聲、樹珊、樹屏三兄弟領導，原屬廬州合肥鄉勇。張樹聲原為秀才出身，聯合許多村莊，互築城堡來抵抗長毛，當李文安在合肥辦團練時，張樹聲屬於李文安統率，並曾入李文安幕府中工作，和李鴻章關係最密切。李文安死後，張樹聲部便自成一支，有一次他帶領五百人和太平軍陳玉成數萬長毛對抗，居然打了勝仗，真是有勇有謀。當李鴻章返鄉招募淮勇時，張氏兄弟便組成「樹字營」追隨李鴻章，成為淮軍的中堅部隊。

㈡盛字營：亦是廬州合肥鄉勇，由周盛波、周盛傳兄弟領導。周盛波從小在家鄉就以勇敢出名，他父親已經開始組織鄉勇來保衛家鄉，父親死後由兄弟二人繼續領導，當李鴻章回來時，周氏兄弟立刻加入淮軍，編為「盛字營」。

㈢銘字營：由劉銘傳領導，原屬合肥西鄉的民團，因為張樹聲的推薦而組織「銘字營」加入淮軍。由於劉銘傳抱負不凡，戰功卓著，後來這支軍隊成為淮軍的核心部隊。

㈣鼎字營：由潘鼎新領導。潘鼎新字琴軒，廬江人，道光二十九年（一八四九年）舉人。咸豐十一年（一八六一年），因父親潘璞曾督導鄉團和太平軍在廬江大戰，兵敗被俘不屈而死，於是潘鼎新憤而率軍擊敗太平軍為父報仇，英勇之聲傳遍各地，這支軍隊後來成爲淮軍的「鼎字營」。以上四個營，因在安徽本土招募，是淮軍的基本營。

（另說還有吳長慶的慶字營。吳長慶字筱軒，廬江人，原本屬於合肥西鄉團練，被合肥知縣英翰收用，稱爲官團，有別於張樹聲、劉銘傳等民團。）

㈤勳字營：因太平軍最怕湘軍鮑超的「霆字營」，所以曾國藩撥鮑超手下的勇將楊鼎勳加入淮軍而成「勳字營」，這一營全部裝備洋槍，每次出戰都擔任前鋒，在淮軍初期有帶頭示範作用。

㈥開字營：由太平軍降將程學啓所帶領的長毛改編而成。程學啓本是安徽人，在太平軍時就英勇善戰，歸降之後，湘軍各將領都不加信任重用。編歸李鴻章淮軍後，李鴻章卻毫不懷疑地重用他，於是程學啓奮死效命，成爲平定東吳的第一名將。只可惜在同治三年（一八六四年）太平天國即將滅亡之時，戰死在浙江。

除了上述六營外，曾國藩的老部下，湘軍的「郭松林一軍」也被派屬淮軍。這六營一軍在曾國藩的呵護、李鴻章的領導下，組成淮軍，準備開向上海，正式加入戰爭。

淮軍成立之初，有一段小軼聞，就是曾國藩爲淮軍將領看相。當李鴻章從安徽招募淮勇之後，有一天李鴻章推薦三名淮軍將領去見曾國藩，可是曾國藩只叫他們站在外面的台階上等候，自己則大廳走來走去，既不正式和他們見面，也不和他們說一句話，就這樣站了兩個鐘頭後便叫他們回去。

第二天李鴻章問曾國藩見面的結果，曾國藩說：

「昨天來的三個人，那個臉上有痲子的，將來的功名事業，恐怕不在你我之下。個子高高的那個也很好，至於那個身材短小的，前途有限，將來頂多是個道員。」

李鴻章問曾國藩是怎樣看出來的，曾國藩說：

「我叫他們站在外面的台階上，中間那位臉上有痲子的，認爲我不和他們正式見面，叫他們站那麼久，是一種恥辱，所以面紅耳赤，好像要進來打我一樣，可見他有大丈夫威武不能屈的氣概。個子高高的那位，在兩個鐘頭之中，一直都表現出彬彬有禮，毫無倦容的樣子，表示這個人沉著有毅力，將來也大有可爲，是個絕好的人才。你知道我大廳中有一面穿衣鏡，所以我在大廳中走動時，無論面對他們，或背對他們，他們的一舉一動，我都看得很清楚。當我面對他們時，那位矮個子，就恭恭敬敬地站在那，當我背對他們時，他就懈怠下來，有時還向其他那兩位嬉笑，這種人，實在沒有多大希望。」

這裡所說的三個人，那個麻子就是劉銘傳，劉銘傳後來果然三十六歲就封爲男爵，成爲淮軍將領第一人。當中法戰爭時，在淡水擊退法軍，戰後留在台灣六年，修築鐵路，興辦實業，將台灣建設得富庶進步。那位高個子就是張樹聲，後來也成爲淮軍名將，因積功而官居兩江總督、直隸總督。那位矮個子姓吳，以舉人從軍，文學極好，但英勇略遜，最後果然以道員退隱。由這段軼聞可知曾國藩知人之明。

淮軍習氣

淮軍雖然承襲湘軍的制度，但彼此仍有基本的差別。湘軍成立之初，爲了要改掉滿清綠營的惡習，所以將領都用讀書人，士兵都用農夫，目的在要求誠樸勇毅的風氣，嚴格訂定選擇兵將的標準。湘軍的營規明確規定：

「招募兵士時，技藝熟練，年輕力壯，樸實而有農夫土氣的優先錄用，如有油頭滑面，市井氣息或官僚氣息者，一概不予錄用。」

又規定所招募的兵勇必須有保證書，保證書中詳細記載居處，父母、兄弟、妻子的姓名，最後還要按上指紋。所以湘軍在營中都能恪守營規，在戰場上作戰都能遵守號令，最後被遣散時也多半能安靜守法。這就是湘軍的大家長曾國藩將理學家做人處世的格律，衛道救世的主義，運用最簡單踏實的方法，所訓練成的一支有朝氣、有戰鬥精神、有共同目標的強有力軍隊。

可是淮軍則不然，淮軍在成立之初，就是由團練、太平軍降將，及原來防守的軍隊夾雜拼湊而成。這些將領大部分沒讀過書，彼此又互不服氣，所以大家既沒有共同的理想，又沒有犧牲的精神，一切只以功名利祿爲目標，當然軍紀和精神都和湘軍相去甚遠。加上淮軍成立之時，糧餉的發放，並非由朝廷負責，而是就地向各省商洽籌募，所以糧餉時常匱乏。最重要的是李鴻章用人不重品類，只重才識，來到江蘇以後，更廣收濫招，將淮軍擴充到一百多營，使得淮軍更加冗雜驕縱而難以管束。

由於淮軍的軍紀敗壞，故所到之處常發生搶劫偷盜的行爲。當淮軍駐紮在上海新橋一帶時，當地的一位居民王萃元曾記錄下家中財物被兵勇搶劫的情形，他說：

「十二日（同治元年五月十二日），我隨三叔從城中來到西牌樓，也就是新橋一帶，正好我兒子王詵也在，親眼看見家中的財物被兵士搬取一空。雖然王詵事前已拜託統帶親兵官韓鑑堂（名鎮國）在門上加有封條，但一點用處都沒有。這裡的北岸祠堂後面有親兵兩營，東面高地有奇字兩營（劉士奇統領），西南高地有林字兩營，南岸南宅之西有開字兩營，這兩營由參將程學啓統率，威名最著。又南面有鎭勇數營，在這種四面都是軍隊的情況下，怎麼可能不被搶劫一空呢？」

即使淮軍本身，也曾發生劉銘傳所領導銘字營兵士因搶米而與團練起衝突，並槍殺了奉賢縣縣令之事。由此可見淮軍所到之處被嚴重騷擾的情形。

淮軍的軍紀敗壞，每占一城，都縱兵掠奪，三日方止，這已成爲慣例。但李鴻章非但不加以管束，反而助長此一風氣，所以淮軍人人都發戰爭財。在柴萼《梵天廬叢錄》一書中，記載了淮軍平定上海之時，糧餉都很匱乏，除了供給食米之外，僅酌量發給一些鹽菜的代金。但每次將城攻下之後，人人都有很多收穫，每天傍晚沒事時，大家都聚集在哨站，將搶來的金銀財寶堆在桌上，常高達一尺多，所以以後發餉時，糧餉的多寡大家都不再計較了。李鴻章初到上海時，曾經嚴格禁止哨長、營官吃空缺，但也無法嚴格執行，於是瓜分戰利品成爲定例，並可向大本營報備。另外，當時食米的價錢非常昂貴，每石米要紋銀五兩，當軍隊將城攻下後，都將太平軍所囤積的米糧占爲己有，由李鴻章統一出錢收購，不論是買入或賣出，定價一律一石紋銀三兩，所以淮軍的將領往往因此而發了大財。淮軍就在這種先天不足——組成分子素質較差，後天失調——李鴻章只論戰功、不求軍紀的情況下，繼湘軍之後成爲清廷的主力軍隊，其下場焉能不糟。

三、安內戰功——太平天國及捻亂

防守上海

當淮軍正招募人馬時，湘軍已逐漸由安徽向江蘇、浙江一帶進攻。若照原訂計畫，淮軍成立後，就會同曾國荃沿著長江一路進攻下去，希望能一舉到達鎮江；而曾國藩也保薦李鴻章爲江蘇巡撫長駐鎮江。誰知道這時戰況發生了變化，咸豐十一年（一八六一年）二月，太平軍攻下了松江、太倉，並猛攻上海。當時上海雖已有英法聯軍及華爾所領導的常勝軍（由外籍軍官率領中國兵士，使用西洋槍械的雇傭兵）奮勇守衛，可是一是人數懸殊，二是太平軍也向英法示好，而使外籍軍隊有退出戰爭的意思。所以當時上海士紳錢鼎銘、潘馥特地來到安慶湘軍大本營，向曾國藩乞求援助，表示上海官紳已經籌集了八十（一說是十八）萬兩軍需，僱用了七（或說五、六）艘英國商輪，並商請英國海軍護航，請求曾國藩同意將淮軍派往上海。曾國藩有些猶豫，但和李鴻章商量後，還是同意派淮軍前往上海。李鴻章本人也希望去上海，他表示：

「上海是中外雜處的地方，也是江蘇全省糧餉和軍隊的根本，應該先將上海整理出一個局面，再向外延伸到鎮江，接應從長江順流而下的湘軍。」於是，李鴻章就在上海開始了他政治、軍事、外交生涯的序幕。

李鴻章帶著淮軍進駐上海後，四月十九日便會同英法軍及常勝軍攻占南橋。但五月一日太平軍又攻下嘉定，圍攻上海，雙方戰況激烈，互有勝敗。五月二十一、二十二日雙方劇戰於虹橋，太平軍李秀成以洋槍砲團圍攻程學啓的「開字營」，李鴻章則用排砲猛攻徐家匯，替程學啓解圍，結果李秀成戰敗，且被洪秀全嚴詔回到南京。因爲在五月三日曾國荃已進駐南京雨花台，並圍攻太平天國的首都天京（南京），所以洪秀全急著召回大隊人馬，希望突破南京的圍困。這時清廷也屢次詔令李鴻章移赴鎮江，以接應在南京的曾國荃，但李鴻章深知圍攻南京是場硬仗，所以不願離開上海。他表示淮軍僅數千人，如果兵分兩地將使力量分散，如果全都移駐鎮江，上海的防守就只有外國軍隊，那又極不可靠。所以李鴻章不願放棄「每月有二十萬餉源」的上海，清廷也只好同意他先穩定上海，再赴鎮江救援。

於是李鴻章繼續留在上海，一面與太平軍作戰，一面使淮軍接受西方軍事的訓練及裝備。六、七兩月，淮軍、英法軍及常勝軍陸續收復青浦城等地。八月二日李鴻章與華爾攻下吳淞，李鴻章虛奏擊退太平軍十萬，但事實上只有二萬人。八月二十七日華爾與英法軍攻占浙江慈谿時，華爾不幸受傷身亡，英提督乃推薦洋將白齊文接掌進駐松江，仍受李鴻章節制。九月攻克嘉定。

九月底，太平軍在四江口圍攻程學啓，李鴻章集合淮軍、湘軍水師及常勝軍聯合反攻，將太平軍擊退到崑山一帶；此時淮軍已全面改用洋槍洋砲。

由於四江口之戰，李鴻章歸功於程學啓，因而引起白齊文的不滿，再加上當時有意將常勝軍調至南京，更使常勝軍心生異志。所以當白齊文在十一月十五日向上海道楊枋索取薪餉不成時，便出手打了楊枋一個耳光，並自行取走了四萬兩。李鴻章知道這次如果不加以嚴辦，以後問題會愈鬧愈大，便將白齊文撤職，但卻引起常勝軍的喧嘩。經過英司令的協調，終於同意以戈登替代白齊文接掌常勝軍，並簽訂管帶章程，裁減人數爲三千人。這是李鴻章第一次正式與外人交涉，結果相當成功，可是白齊文卻因此強奪常勝軍輪船軍火投靠太平天國。

白齊文在太平天國滅亡後被李鴻章抓到，並在解送北京途中死亡。雖然李鴻章上奏說白齊文是溺水而死，但一般都認爲白齊文是被李鴻章處死的。因爲他將說出許多對李不利的供詞。

十一月二十八日李鴻章招降常熟的太平軍守將，但進入十二月以後淮軍的戰績卻不理想。十二月二十四日太平軍反攻常熟，擊敗常勝軍及淮軍，二十七日又大敗程學啓於太倉。

主動出擊

同治二年（一八六三年）一月十二日，左宗棠已攻占金華一帶，並向杭州推進。而淮軍也於三月攻克太倉，四月收復崑山；可是在崑山收復後，常勝軍與淮軍又因爭功而相互射擊。六月二十二日，太平軍李秀成率領主力軍三萬人由南京返回常熟，排列戰陣七十多里，與劉銘傳、周盛波、郭松林等大戰兩天兩夜，終於敗退到蘇州。同時，李鴻章也開始計畫進攻蘇州。蘇州、杭州、南京是太平天國三重鎮，尤其蘇州是南京的根本，太平軍必然死守。但李鴻章認爲此刻湘軍已收復安徽，太平軍渡江之路已斷；加上左宗棠牽制浙江，可兩面夾攻，所以便決定由三路進軍，規復蘇州。

這時，程學啓與常勝軍進兵招降吳江，戈登因李鴻章積欠薪餉，及將戰功多歸程學啓而請求辭職，後經多方調解才平息了這場糾紛。於是程學啓開始進軍逼向蘇州。八月一日，淮軍攻占江陰。八日，李鴻章開始部署攻勢，命劉銘傳駐守江陰、常熟、無錫的交界處，作爲中間聯絡；周盛波、郭松林駐守無錫；張樹聲等駐守蕩口，分爲左右兩翼，而由戈登、程學啓正面向蘇州發動總攻擊。緊接著，八月二十九日淮軍大敗太平軍於無錫蕩口，九月二十九日淮軍再敗太平軍於無錫，十月十一日李鴻章親赴蘇州前線督戰，命程學啓源蘇州河南岸，戈登源北岸，兩面夾攻蘇州。

十月十九日李鴻章督率諸軍，以大砲四十六門猛攻蘇州四十日。這時蘇州城內糧食已盡，城中太平軍人心惶惶，太平軍納王郜雲官等人心生異志，派副將鄭國魁到城外向程學啓、戈登表示有意獻城投降，於是李鴻章命程學啓、戈登到城外陽澄湖與郜雲官等當面議定降約。李方要求殺李秀成、譚紹洸，再以城投降，事成之後賞賜二品頂戴。可是李秀成在太平軍中素得人心，郜雲官等不忍殺他，僅允諾殺譚紹洸獻城。雙方達成協議後，由程學啓立誓，戈登爲太平軍降將的安全保證人。郜雲官等回城之後，對李秀成的調度都相應不理，李秀成知道軍心渙散可能有變，便率領萬餘人乘黑夜出城，逃往南京，留下譚紹洸死守蘇州。

十月二十四日，譚紹洸召集全體太平軍守將商議防務，郜雲官便乘機令天將（太平軍將領的頭銜）汪有爲刺殺譚紹洸，並掩殺譚紹洸的親兵一千多人。事成之後打開城門，迎接李鴻章等人進入。當時防守蘇州的太平軍雖號稱二十萬，但事實上只有兩萬人。而修造三年「瓊樓玉宇，如神仙窟宅」的忠王府還未完工。

二十五日李鴻章、程學啓進入城中安撫降衆。程學啓向李鴻章建議：太平軍人數過多，恐怕難以控制，必須把爲首的將領殺死，然後解散其他兵士，才能確保安全。於是在李鴻章進城的第二天（二十六日），詭稱議事而事先埋伏兵士，一舉將降將全部殺死，並連帶殺了衆將領平日較親近的親兵共二千多人。二十七日戈登進入蘇州城內，到處找不到郜雲官，後來遇到郜雲官的兒子，才知道太平軍的降將都已遇害。戈登聽了非常生氣，便拿著短槍，要去射殺李鴻章，李鴻章避走他處不敢回營。於是戈登宣布常勝軍不再受李鴻章節制，而且要以常勝軍進攻淮軍。後來經過英國醫生馬尼加的調解，說明狙殺降將並非李鴻章的本意，完全是程學啓一人所爲，才平息了這場糾紛。但是從此常勝軍不再受李鴻章節制，改由英提督節制專防上海。可是不久又同意協助李鴻章作戰。

有關蘇州殺降事件，中外各史料的記載有很大的不同。有人說李鴻章授意程學啓殺的；有人說程學啓建議，李鴻章同意後殺的；有人說程學啓建議，李鴻章不同意，但程學啓仍執意要殺的；也有說是受到三月李鶴章招降太倉城，守將蔡元隆詐降，埋伏偷襲李鶴章的部隊，結果淮軍全軍覆沒，李鶴章本人也受傷的影響，使得李鴻章不敢再輕信太平軍的降將。無論如何，蘇州殺降已成事實。蘇州的收復，雖為平定江南的一大關鍵，但卻因殺降事件而使太平軍日後更加堅守不降。

十一月二日李鶴章、郭松林等人攻占無錫，五日李鴻章抵達無錫策畫戰略。他認為自己和曾國荃、左宗棠等三支部隊都是孤軍深入，彼此間少有幫助，所以顯得勢單力薄。於是命程學啓等向南進攻，與左宗棠取得聯絡；劉銘傳等進攻常州，和曾國荃取得聯絡；然後合三方的力量統籌計畫，以集中全力進攻南京。太平軍在此時認為人勢已去，所以駐守在外的諸王都不受號令，各行其是。南京城內的各王更認為世界末日將要來臨，大家及時行樂，貪財好色，各王府的廳堂、房間、花園等常多達數百間，妻妾數十人，戲台三、四座，生活極其奢靡。再加上城內缺糧，常有人吃人的慘劇發生，更加速了太平天國步向滅亡的道路。

程學啓之死

同治三年（一八六四年）一月初，李鴻章將軍隊分為三路。甲路由李親自率領，乙路由程學啓率領，進入浙江攻下平湖、乍浦後，和浙江左宗棠的軍隊相互策應（結果這次行動引起左宗棠很大的不快，左李交惡，長達數十年之久）。丙路由劉銘傳、郭松林等人率領，與常勝軍共同策略進攻常州；可是戈登建議先攻宜興，於是和郭松林等人水、陸兩路同時攻剿。一月二十四日攻占宜興，二月一日又乘勝攻下溧陽，再前進攻向常州時，因常州太平軍守將受蘇州殺降的影響，奮勇抵抗，所以無功而退。同時，程學啓帶乙路圍攻嘉興已有一段時日，但苦戰無功。二月十九日，程學啓爲激勵將士，一舉攻克，便身先士卒登上雲梯攻城，但不幸腦部中彈受傷，由部將劉士奇代爲指揮作戰。士兵因此群情激奮，勇氣百倍；而潘鼎新、劉秉璋也由水路並進，終於攻占了嘉興。可是在三月十日，程學啓因傷重不治身亡，死時才三十五歲，據說臨死前大呼「郜雲官」。

程學啓爲安徽桐城人，年幼時既不喜歡讀書，又不喜愛工作，但心中懷有大志。當太平軍攻陷桐城後，聽到他的名聲，便以名利去引誘他加入，但被程學啓拒絕，於是太平軍把程學啓的父母抓去，強迫他加入。程學啓的父親偷偷寫了一封信給程學啓說：

「現在情形忠孝難以兩全，你爲了我可以假裝加入太平軍，等將來有機會再投效國家，這才是大丈夫。」

於是程學啓加入太平軍，他的父母也得到釋放。

程學啓加入太平軍後很受重視，當曾國藩率兵來攻安慶時，程學啓奉命率領安慶最強悍的太平軍出擊，但卻乘機向曾國藩的弟弟曾貞幹投降，並率衆將日夜攻打安慶城，不到一個月便攻下安慶。可是程學啓在湘軍卻得不到其他將領的信任，後來李鴻章組成淮軍，程學啓的軍隊便被分派到淮軍成爲「開字營」。李鴻章不但信任他，而且重用他，程學啓爲報知遇之恩，奮勇作戰，同治元年（一八六二年）虹橋、北新涇、四江口三次大捷，都是以少勝多，威名大震。從此李鴻章更認爲他是指揮的將才，可以獨當一面，便陸續爲他增募了一萬多人。程學啓又先後攻下了青浦、嘉定、太倉、鎭洋、崑山、新陽、吳江、震澤、蘇州、嘉興各州縣。

李鴻章對失去此一良將，感到非常痛惜，他曾說：

「失去此一良將，就好像左手被折斷了一樣，從此不敢再輕言征伐了。」

他並爲程學啓請求撫恤，追贈爲太子太保，入祀昭忠祠，宣付國史館立傳，又加三等輕車都尉世職，謚號忠烈。但對程學啓最眞切的評價，應該是曾國藩在同治三年（一八六四年）正月核定的《同治二年密考清單》中的考評：

「程學啓是我弟弟曾國荃在安慶招降的太平軍將領，同治元年初分發到上海作戰，成爲上海軍中最勇敢的將領，我所有的部將中沒人能比他更勇猛。可是他生性好利，加上屢次獲得戰功，也不免有些驕矜。」

在程學啓進攻嘉興的同時，左宗棠於二月二十四日攻下杭州城。三月七日李鴻章、戈登大敗太平軍於江陰，太平軍退到丹陽。三月十日李鴻章見圍攻常州已三、四個月，但仍沒有攻下，便親自到常州察看，布置攻城軍事。十八日戈登率領常勝軍趕來，以火砲相助，可是因受蘇州殺降的影響，常州的太平軍堅守不降，戰鬥慘烈。二十二日劉銘傳、戈登猛攻常州，結果大敗，淮軍與常勝軍傷亡達一千多人，常勝軍將領也有十人陣亡。四月六日淮軍、常勝軍合水陸兵力四萬多人加強攻擊，終於以大砲轟毀了常州府城。

淮軍進城後又展開了一場殘酷的屠殺，當時張樹聲看到不但太平軍被屠殺，連飢餓的婦人向兵士乞食，或難民爲偷生而依附太平軍的，也都被殺，心裡很難過。進城的屠殺加上淮軍軍紀不良，常州城內一片慘狀，根據當時原籍常州陽湖縣的李鴻章幕友趙烈文，在他著名的《能靜居士日記》七月十六日中記載：

「府城光復以後，我從江陰口回到家中住了七天。城中的情形屍骸遍地，慘不忍睹。我回到家中是五月底，距離城破已經五十多天，但一切都還沒有收拾，臭氣四溢。房屋都被兵士們占用或毀壞，卻沒人敢說一句怨言。守城的是張樹聲所帶領的軍隊，每天在四方城門站崗，不准鄉民進入城門，每天還有兵士出城到各鄉村中騷擾……鄉村中看不到人家，田地也沒有人耕種……李鴻章如果聽人說兵士紀律惡劣，就非常生氣地護短掩飾……從常州以東到松郡，道路上每天都有搶劫發生。」

這就是常州城破後最確實悲慘的寫照。常州光復後，戈登請求辭職，自願解散常勝軍，留下一千人及中國所沒有的大砲三十餘座，分別由淮軍將領李恆嵩及羅光率領。

消滅殘敵

四月二十七日，太平天國洪秀全服毒自殺，時年五十二歲；死時詔告大家，要大家安心，他就要上天堂向天父天兄請領天兵來作戰。五月二日太平天國的幼主洪天寶貴在天京（南京）即位。十五日太平軍李秀成率領洋槍隊突出重圍，猛攻曾國荃，使曾國荃損失了四千人，幾乎潰敗。這時李鴻章已經前後四次接到命令，要他到南京協助曾國荃攻城，但李鴻章以淮軍疲病爲由拒絕前往，並奏請先攻下湖州、長興，再前往南京。但因爲曾國藩一再請求淮軍助攻，所以在五月二十九日，慈禧太后特命劉銘傳率領砲隊前往南京助戰。六月十六日，曾國荃以大砲猛轟南京城兩周，並挖掘地道進入城中，終於攻下了南京城。李秀成率領死黨千人將洪天寶貴送去投靠在湖州的太平軍睹王黃文金，李秀成自己斷後，結果受傷迷路，藏在民家被捕。

南京城破後，太平軍領袖死了三千多人，士兵的死傷更數以萬計，但睹王黃文金仍擁有十萬軍隊據守湖州。李鴻章認為蘇州和湖州連接在一起，為了預防黃文金進攻蘇州，所以命令潘鼎新帶著水、陸兩軍再入浙江攻下長興，並進攻晟舍。到了七月二十七日，又會同浙江左宗棠軍隊攻占湖州，同時劉銘傳也更向西南深入，攻下了廣德州，太平軍黃文金逃亡而死，從此江蘇、浙江一帶再也沒有太平軍的蹤跡。江南平定之後，曾國藩大量裁減湘軍，遣送回籍；而淮軍在當時已成為所有中國軍隊中武器最精良的一支，李鴻章乃上奏請求裁減淮軍一半，仍留三萬人，清廷告諭李鴻章詳細策畫辦理。

剿捻初期

太平天國滅亡以後，太平軍的殘餘部隊和捻民合併，使捻民的聲勢更為盛大。不但逐漸擴展到河南山東一帶，更進一步由山東進入江蘇，到處流竄滋事。同治四年（一八六五年）四月二十四日，僧格林沁（？～一八六五年，蒙古八旗親王，曾擊敗太平天國北伐軍及參加英法聯軍之役，是清廷名將）在山東曹州被捻民張宗禹圍困，戰敗身亡，朝廷震動。慈禧太后乃在五月二日下令，命曾國藩爲欽差大臣，領軍剿捻，直接督辦直隸、山東、河南三省的軍務，所有地方文武官員，綠旗各營都歸他節制。也就是由曾國藩統領湘、淮、綠營各軍來剿捻，而李鴻章則繼曾氏爲兩江總督，五月二十二日到南京走馬上任。

由於捻民大都騎馬，流動很快，所以曾國藩在河南周家口、山東濟寧、江蘇徐州、安徽臨淮各地駐守重兵，以免爲追擊捻民而疲於奔命。並命淮軍和湘軍各當一面，而由李鴻章的小弟李昭慶訓練馬隊，爲游擊師。六月三日，淮軍在安徽北部雉河集擊敗捻民，從此捻民分爲兩股；一股由賴文光率領向東流竄至山東一帶，稱爲東捻，一股由張宗禹率領向西流竄到陝西一帶，稱爲西捻。此後，剿捻就一直沒有什麼特別的績效。

同治五年（一八六六年）四、五月間，捻民更加猖獗，時常在河南、河北、山東、江蘇、安徽一帶到處流竄。曾國藩只好改變戰略爲防運計畫，也就是命劉銘傳、潘鼎新、張樹聲等人沿著大運河建築長牆七百里，並分派各軍防守運河，以阻止捻民向東前進。八月九日，曾國藩親自到周家口指揮作戰，可是在八月二十日捻民賴文光和張宗禹又突破運河防線向東推進，曾國藩的防運計畫即告失敗。曾國藩這時只有撇出手下的兩員大將李鴻章及曾國荃，請李鴻章到徐州，以進剿東捻；曾國荃駐守襄陽，以進剿西捻。

當李鴻章在十月三日來到徐州的同時，曾國藩便以剿捻無效爲由請求去職。十一月一日慈禧太后正式下令，命曾國藩回去擔任兩江總督，由李鴻章擔任欽差大臣，統領節制湘、淮各軍繼續剿捻。

在這一年多的剿捻戰爭中，只有淮軍劉銘傳的部隊最勇敢善戰，堅守周家口，一連攻破捻民於瓦店，解除了扶溝的圍困。曾國藩因而改派劉銘傳部隊爲游擊師，下詔頒授劉銘傳爲直隸提督，命令他率領軍隊援助湖北，一連攻下了黃陂、茅屋店，僅二十多天就追逐捻民一千七百多里，是當時最精良快捷的部隊。所以曾嘯宇在他所著《談劉銘傳》中，特別提到劉銘傳訓練馬隊的情形。

當時討伐捻民的軍隊，長久以來一直沒有戰績，劉銘傳爲此非常擔憂，這時他的一位幕僚朱明經笑著說：

「捻民好像馬賊，而攻打的軍隊想要以步兵來戰勝，怎麼可能？只有以捻民的方法來練兵，才能將捻民控制住！」

劉銘傳恍然大悟，此後每天點燃一支短香，旁邊放了一筆獎金，下令：

「如果有人能在短香燒完之前，騎馬繞完六個軍營一圈，首先回到這兒的，就可以得到這筆獎金。」

從此軍士們騎術都大爲進步。到最後，有人能在短香燒完之前，繞完十四個營房三圈。

因此劉銘傳軍隊在剿捻戰役中，能夠一枝獨秀立下戰功。

曾李互換

除了劉銘傳的部隊外，曾國藩率領各軍剿捻一年並沒有成效。其中原因，除了捻民以馬代步行蹤飄忽，湘、淮步兵無法追擊外，曾國藩剛平定了太平天國，十幾年的戰爭生涯使他精力衰竭，體力耗損，所以也始終無法拿出平定捻亂的勇氣與決心。此外，淮軍不聽曾國藩的指揮，也是一個重要原因。

曾國藩原先就知道淮軍各將非常驕矜，所以在一開始節制淮軍時就寫信給李鴻章，他說：

「目前淮軍各軍既然歸我統轄，就請你一切都不要過問。」

曾國藩希望能使號令統一，但淮軍將領仍不聽指揮，所以曾國藩又寫信給李昭慶要他代爲規勸。他說：

「淮軍隊伍的整齊，器械的精良，絕非其他軍隊所能相比；但各將領卻都非常驕傲輕敵，而且不聽忠告，我想要壓抑他們，卻又怕他們感到氣餒，所以希望你好好勸告他們，使淮軍各將領都能沉著慎重，而氣勢又能不減。」

但李昭慶只是敷衍了事，曾國藩對淮軍仍是指揮不靈，最後只好將淮軍再交回給老東家李鴻章。

李鴻章統軍剿捻之初也一再失敗，同治五年（一八六六年）十二月六日，東捻賴文光在湖北北部大敗淮軍郭松林，郭松林重傷。十二月十八日西捻張宗禹、邱遠才也在西安大敗政府軍。接著十二月二十一日東捻又大敗淮軍於湖北北部，淮軍總兵張樹珊戰死。這一連串的失敗使慈禧太后在同治六年（一八六七年）一月一日命左宗棠爲陝甘總督，督辦軍務，也開始加入剿捻的行列。

在一月初，淮軍的劉銘傳和湘軍的鮑超約好，分道前進。鮑超由西向東，劉銘傳由北向南，兩軍於一月十五日早晨在尹漋河會合，兩面夾攻東捻。可是劉銘傳卻提早進攻，結果遭到東捻任柱、賴文光事前埋伏、圍殺，劉銘傳大敗。鮑超如期趕到，解救了劉銘傳的軍隊，然後兩軍合擊，殺了捻民好幾千人。但事後李鴻章卻袒護自己的屬下劉銘傳，而將責任推給鮑超，上奏說是鮑超延誤到達時間，才使劉銘傳挫敗。所以當鮑超乘勝追擊東捻到棗陽、唐縣一帶時，卻接到了朝廷申斥的諭旨，鮑超一氣之下傷病大作，立即請求離職。四月七日，直隸署提督婁雲接統鮑超的霆軍，並將原有的步兵二十營、騎兵十二營，縮小爲十四營，其餘的軍士都遣散返鄉。

鮑超在攻打太平天國時是湘軍第一猛將，失去了鮑超，使剿捻更加困難，因此李鴻章在事後曾多次寫信給鮑超，勸他不要計較以前的恩怨嫌隙，帶兵援救湖北；可是鮑超仍以生病爲由，不再出馬。這時劉松山所率領的老湘軍又調到陝西，東捻的氣焰因此更加盛大。

消滅東捻

二月十八日東捻由河南再進入湖北東部，大敗曾國荃的湘軍，而使李鴻章的作戰計畫再次失敗。當東捻從湖北東部經河南進入山東曹州時，湘淮各軍尾隨追擊，但都被甩落在後。五月九日夜，東捻到達濟寧，衝破了運河防線。李鴻章因一連戰敗，被清廷申斥，要他戴罪立功。五月二十二日，李鴻章在河南歸德集合淮軍各將領商討有鬬剿捻戰略，最後決定採用劉銘傳所提的東萊海隅殲滅計畫。也就是將捻民逼入山東沿海一帶，然後趁勢圍攻，使他們無法流竄，再慢慢縮小包圍圈，加以殲滅。

這時的李鴻章因爲屢次戰敗受到朝廷詰責，安徽巡撫英翰、山東巡撫丁寶楨也彈劾他縱賊，加上部下紛紛辭退、戰死，使他內外交煎而成疾。倒是曾國藩一再寫信勸慰他，撐過了這段難堪的時光。幸好十月十七、十九日劉銘傳在山東安邱大敗東捻，東捻首領任柱戰死，精銳盡失，賴文光率領殘餘部隊繞道向南逃走。十一月底劉銘傳又連日大敗東捻於山東。

十二月十一日東捻又進入江蘇北部，被淮軍截擊，損失慘重。賴文光帶著小部分人馬逃至揚州，被當地鄉團擒殺，剩餘的一小撮奔走天長也被誘殺，從此東捻全部消滅。

平西捻

東捻平定之後，西捻久攻西安不下，進入陝北，再由陝北進入山西，這時左宗棠抵達潼關襄助剿捻。同治七年（一八六八年）一月，西捻已進入直隸，開始騷擾保定。此刻李鴻章決定要和左宗棠盡棄前嫌並肩作戰，因此他寫信給曾國藩說：

「這次奮勇出師，為恩師您完成未完成的功業。雖然吃苦受氣，都是分內的事，但盼能和左宗棠和解，互不相犯，也不失敬意。」

於是李鴻章親率五萬多人北上，在三月三日抵達德州，三月十五日在直隸大名會晤左宗棠，兩人共商剿捻大計。李鴻章認為捻民並無攻城的技術，所以決定防守城塞圍剿西捻。可是三月二十日，西捻張宗禹就在滑縣大敗淮軍楊鼎勳，使李鴻章圍剿計畫失敗，他自己稱這時是「從軍十六年，此為下下籤」。四月四日西捻張宗禹由德州進逼天津，京師大震。四月十五日清廷下令限李鴻章一個月內剿清西捻，但是一個月以後西捻仍未剿平，閏四月二十三日，李鴻章、左宗棠都受刑部議罰。

五月以後天氣放晴，李鴻章擔心久不下雨會使黃河乾涸，於是以黃河為外圍，夏津、高唐之間的馬夾河為裡圍，圍攻西捻。當時淮軍在德州、商河大敗西捻，張宗禹率領眾人逃到濟陽，再進犯運河防軍，可是被防軍擋截，無法突圍衝出。到了六月七日，山東、河北交界處連日大雨，黃河、運河的水量大漲，即使平地水深也有二、三尺，使張宗禹等人因此被陷於水中。潘鼎新等軍趁此在後追擊，大敗西捻，張宗禹受重傷率領殘餘人馬逃竄，邱遠才投降，部眾大都逃散。六月二十八日，劉銘傳等人在山東茌平圍攻張宗禹，張宗禹大敗，投徒駭河自殺身亡。餘下的部眾三千多人投降，西捻平定。

捻亂平定後，曾國藩再與李鴻章商討裁減淮軍事宜，李鴻章表示爲防不時之需，淮軍不可盡裁，以備萬一。故僅縮減爲三萬多人，分駐在直隸東昌、山東濟寧、江蘇徐州及長江下游與武漢。這時李鴻章四十六歲，從他四十歲成立淮軍，便帶著淮軍到處征討，這七年的時間他的成就完全在軍事上、在平亂上。雖然這時湘、淮各軍也產生了其他名將如曾國荃、左宗棠等，但在往後的政治生涯中，卻無人能像李鴻章一樣順利。從這時開始一直到他去世，他幾乎完全左右了當時中國的外交策略及政治發展。並不時有李鴻章自立爲皇帝的謠言傳出，由此可見他在當時權勢有多大了。

四、對外之戰與和

初試身手和中法交涉

太平天國及捻亂的平定，使李鴻章在軍事上立下了大功，也爲他在往後的政治舞台上奠定了穩固的基礎。當時一般士大夫大都只是一味過分的媚外、懼外或排外，而李鴻章卻能利用他靈活的手腕，較開放的頭腦，使他在清末的外交政壇上一枝獨秀，成爲中、外共同矚目的對象。

同治七年（一八六八年）底捻亂平定後，李鴻章來到北京謁見慈禧太后，同時也帶了十萬兩銀子，分送京中的親朋好友，李鴻章在當時的出手大方、好行賄賂是相當有名的。曾國藩湘軍中的一位幕友王闓運在他的《湘綺樓日記》中，曾記載：

「自從李鴻章來到湘軍幕府之後，幕府中原有的風氣都被他破壞殆盡，他實在是寡廉鮮恥。他以諂媚福濟的方法，拿來諂媚曾國藩，於是使幕府的風氣敗壞，進而影響軍中，使軍中的風氣也敗壞，更進一步就使天下的風氣都受到軍中的影響而大壞。」

而曾國藩對李鴻章那一套做官處世的方法，也曾半開玩笑地批評說：

「愈樾拚命著書，鴻章拚命做官。」

在往後的二十幾年中，李鴻章充分表現出他做官的才華，周旋在中外各國王公大臣之間，其中尤其以對法、日、俄的交涉最具代表性。

天津教案是李鴻章接辦的第一個外交案件。同治九年（一八七〇年）初，天津一帶謠傳法國教士迷拐幼童，並將拐來的兒童挖掉眼珠、剖開心臟，所以天津各地人心惶惶，極爲恐怖。五月二十一日，在天津捕獲了一批誘拐幼童的盜匪，並招認將拐騙來的幼童出售給外國教士。於是當時的天津道周家勳向法領事提出嚴重抗議，法領事豐大業非常憤怒，便到通商大臣崇厚處責問，雙方一言不合引起衝突，豐大業鳴槍示威，槍傷了天津知縣和僕人。消息傳出後，天津市民群情譁然，成群結隊圍攻法領事館，打死了豐大業，並燒毀法國教堂，結果法國人死了十七人，俄國人死了三人。

這時在天津的英國人立刻組織義勇軍，以防止天津人民的暴動。同時駐北京的各國公使也發起抗議，表示天津教案乃地方官員故意指使製造；當群衆圍毆外國人、燒毀教堂時，提督陳國瑞（太平天國降將）都在現場指揮。清廷一看事態嚴重，怕因此引起各國的軍事行動，慈禧太后便一面將三口通商大臣崇厚、天津道周家勳、天津知府張光藻、天津知縣劉傑交刑部議處；一面又急招直隸總督曾國藩由保定到天津查辦教案。此時曾國藩已身染重病，故立下遺囑後來到天津。

曾國藩到達天津時，法國艦隊集中天津，想要乘機要挾。曾國藩認爲天津教案的起因，在於各地謠傳教士迷拐幼童後挖眼剖心，可是事實上卻沒有確實的證據；而暴民打死了法國領事卻是事實，所以於理不當，因而要求將天津知府知縣革職治罪。這一來，北京一些士大夫及天津人民都指責曾國藩對外示弱；而另一方面，法公使卻認爲懲罰不夠嚴厲，而要求將天津知府、知縣及陳國瑞處死抵命。在雙方截然不同的要求下，一向本儒家傳統思想處世的曾國藩捉襟見肘、窮於應付，乃倉皇求去。

於是清廷改派李鴻章爲直隸總督，負責與法交涉。李鴻章在與外國人談判、交涉時，常提到要「略用痞子手段」；痞子是李鴻章的家鄉話，意指賴皮不重信諾的小混混。當李鴻章用「痞子手段」與法人交涉時，歐洲的普法戰爭正打得法國焦頭爛額，法國也不願在遠東又開戰端。於是雙方就以「將天津知府知縣發往黑龍江效力，教案滋事十五人正法，由法國派人監視，十一人充軍」，解決了中法天津教案。

當時清廷朝野對世界其他地方所發生的事情，既不知道也不關心，所以沒有人知道是普法戰爭幫了李鴻章的忙，還認爲是他的聲望韜略遠勝過曾國藩，所以才如此順利地解決了天津教案。從此，外交的重任就寄託在李鴻章一肩之上了。

中法之間的衝突除了教案之外，眞正嚴重的還是越南問題。越南自古以來，多半和中國保持著宗主藩屬的關係，到清代仍沿襲由清皇帝冊封安南國王的慣例，並且四年到北京納貢一次。法國到了遠東後，就想將越南占爲己有，作爲日後在遠東發展的根據地，所以從道光年間到同治末年，法國乘著中國自顧不暇時，陸續占領了越南不少地方。太平天國滅亡後，劉永福帶著一支太平軍的殘餘隊伍逃到越南，軍士們就在當地結婚生子、落地生根，成爲獨樹一格的黑旗軍。這支黑旗軍曾多次阻擾法國軍隊進攻越南，而清廷也既往不咎，頒給劉永福「五品藍翎功牌」，使劉永福轉變成清廷名義上的藩將，而清廷卻沒有正式插手越南問題。

直到同治十三年（一八七四年）法國與越南簽訂「西貢條約」，條約中規定此後越南的外交事務，都要由法國監督。所以法國就以越南新宗主的姿態，向當時清廷駐英法公使曾紀澤提出「交涉」，要求開放雲南省爲商埠，禁止中國匪徒進入越南。這裡所說的中國匪徒就是指劉永福的黑旗軍。清廷這才覺悟到越南已被法國占領，於是派出中樞大臣李鴻章和法使談判。雙方一面進行談判，一面在越南仍有小規模的戰事，而清廷也逐漸向雲南、福建一帶增軍。到了光緒八年（一八八二年），清廷已派了不少正規軍到越南，可是由於各軍彼此鬧意見，搞情緒，互相觀望，幸災樂禍，連連不戰而退，所以戰績反而不及劉永福孤軍在越時來得理想。法國乘機一連攻下五個大城。

李鴻章在對越事件上自始至終一意主和，他認為如果打仗，最後必定是戰敗賠款。光緒十年（一八八四年）四月十七日，李鴻章與法國特使福祿諾在天津簽訂了「中法越事草約」。草約內容包括中法互遵邊界；中國撤出北圻，不過問越事；允許邊地通商；不賠款，不傷中國體面。這份歷史上稱為「李福簡約」的文件簽訂後，清廷對條約的內容原本就不滿意，後來法國又以中國拖延撤兵時間為由，向總督署抗議「中國背約」，並要求賠償及立即撤兵，而清廷又堅持不賠款，所以中法之間最後終不免一戰。

在中法戰役中，除了張佩綸在福建馬江海戰中，七艘兵船全部被法艦擊沉外，劉銘傳守台灣，馮子材駐諒山，劉永福在越南，都沒有讓法軍占到便宜，雙方互有輸贏，中國軍隊甚至較占優勢。當前線作戰的同時，李鴻章、曾紀澤等人也不斷央求美、英等國大使出面調停，仍想以議和的方式來解決中法衝突，可是法國仍堅持要賠償，而且數目愈來愈大。直到光緒十一年（一八八五年）三月十二日，馮子材在諒山大敗法軍，法軍的敗訊傳到巴黎，法領事這才聲稱：「如果越南都屬於法國所有，法國可以同意停戰，不索取賠償費用。」於是中法雙方停火，又在承認「李福簡約」的原則下開始談判。結果李鴻章和法使巴德諾簽下了「中法和平條約」，從此越南完全歸屬法國，劉永福的部隊也撤入雲南。

中法福州海戰實況

法國人羅亞爾曾參加中法之戰，並在孤拔所率領的遠東艦隊中服務。他所寫的《中法海戰回憶錄》，過程清楚，層次井然，在一百多年後讀來，仍有歷歷在目的感覺。

在中法開戰之前，雙方海軍成對峙狀況，法國艦隊有十一艘船，分別停泊在閩江三處險要。第一批是旗艦汪達爾號率領三艘戰艦，停在羅星塔對面的閩江中，另有兩隻水雷艇附從。第二批由巡洋艦杜居士號率領兩艘戰艦，監控下游的閩安砲台。第三批是兩艘掃雷驅逐艦，停泊在更下游的金牌砲台附近，防止中國帆船施展沉船截江的絕技。

中國方面的部署，則正好相反。在敵人主力艦砲前面卻安排最脆弱的水師船，只配備前膛砲等落伍武器；其次才爲水雷艇，新式戰艦（木製）共十一艘，其中只有三艘在前，另八艘則躲在馬尾船政局附近的水面上。而法國旗艦後方，則有三艘中國戰艦。這種部署反映出張佩綸、何暻如等朝廷大員的膽怯畏懼，不想求勝，只想保住船政局和艦隊主力。

潮流是雙方決定勝負的關鍵，當退潮的時候，所有的船頭都會朝著上游，換句話說，中國戰艦的船尾，會朝著法國戰艦的船頭，反之亦然。所以孤拔決定利用由退潮到漲潮這四個小時的時間，對中國艦隊展開致命的一擊。但這個計畫有一大缺點，就是在開戰之前，必須先通知領事（當時法國駐福州領事爲白藻泰，後升任駐上海總領事，以態度強硬著稱），再由領事通告各國領事，將不參戰的各國船隻退到戰區以外。在這漫長的過程中，中國如果提前發動，法艦同樣會遭到可怕的命運。

另外中國還有一項優勢，就是閩江沿岸的三大砲台，而馬尾船政局附近的海防重地，也設有七座砲台，分別居高臨下，控制江面。在陸戰方面，中國有數千名步兵，配備的步槍與法軍相同。

孤拔在一八八四年八月二十二日（光緒十年七月二日）召集各艦艦長，下達作戰計畫，隨即通知領事。這時候中國商民已經知道即將開戰，日用品的供應商堅持結清所有帳目，華籍傭人也潛逃一空。但是欽差大臣張佩綸對這些蛛絲馬跡並未察覺，仍按照李鴻章的授意，一意謀和。二十三日（七月三日）星期六早上九點開始漲潮，孤拔親自帶著望遠鏡站在旗艦甲板上，嚴密監視中國方面的動靜，中國海軍也做著同樣的動作。孤拔雖然根據「中國人從來不會先動手」的經驗，做了大膽判斷，但是心裡終究是七上八下的。一直到下午一點四十五分潮水已退，一艘中國水雷艇劃破僵持，向法國旗艦汪爾達號衝來。法國人不免作賊心虛，因爲孤拔的戰略正是一開始就用兩艘水雷艇去衝中國的旗艦揚武號和福星號，所以他誤以爲中國也用相同的辦法來對付他，連忙下令開砲。但在他下令之前，其餘幾艘法國巡洋艦已經搶先開火。

兩艘法國水雷艇立刻按原定計畫出動，其中一艘撞上中國旗艦揚武號的正中央，可憐這一艘中國主力戰艦，在戰鬥還沒開始時，就已失去了戰鬥力。另一艘水雷艇撲向福星號，但沒有成功。汪爾達號再派出自己的附屬汽艇，二度突擊福星號，這次才擊傷了福星號。中國方面既以船尾對著敵人，慌忙中把船頭轉回來，已經損兵折將了。

另一方面，環繞在法國艦隊旁邊的中國水師帆船，卻十分大膽。他們雖使用老式前膛砲，但由於距離只有四百公尺，圓球形的跑彈飛來飛去，倒也砸傷了一些法國軍官和水手，但對鐵甲艦的傷害不大。孤拔下令用鐵甲艦去撞這些帆船，並且集中火力轟擊水師船，不到半個小時，九艘水師船無一幸免。兵士們在布滿斷桅、繩索的海中載沉載浮，但法國士兵還慘無人道地用機槍掃射，法國軍官們也無力制止。

中國方面，有兩艘繫在海岸邊的運輸船，水手逃逸一空，輕易地被法國砲艇所摧毀；但也有若干人奮戰不休，兩艘子母型砲艦福勝號、建勝號表現不凡，但砲少力微，無法挽救戰局。三艘停泊在法國艦隊後方的中國通訊艦，原是法人的噩夢，如果及時趕來，法艦就要遭殃了；可是它們竟向後轉，然後向外海逃去，反而暴露在法軍的砲火下，一併犧牲（另據中國方面記載，飛雲號管帶作戰英勇，與杜居土號等三艘敵艦力拚沉沒，但此記述有誤）。

下午三點鐘，江面上已經沒有中國戰艦了；只有兩艘小戰艦（伏波、藝新）因爲吃水淺，跑到大船不能上溯的上游，得以生還。陸上的中國砲台這時才發生威力，密集攻擊法國旗艦汪達爾號，致使該艦死傷多人，孤拔的副官也戰死。戰至傍晚，砲台火力被法艦所制壓，中國使出傳統打法，放出火燒戰船。數以百計各式各樣的火船，順流向法國艦隊飄去，這眞是奇特壯觀的場面，搞得法艦左閃右躲，疲於應付，最後發現了施放火船的兩艘中國大帆船，才一一擊毀了事。

第二天早上，法軍爲全勝所鼓舞，想派陸戰隊登陸擴大戰果，卻被孤拔所否決，因爲他所能動員的陸戰隊只有六百人，一上岸就可能被殲滅。於是孤拔下令攻擊船政局，可是法艦吃水過大，只有較小的幾艘可以繞過峽角，攻擊船政局，船廠乃得倖存部分設備。

第三天，法艦派出陸戰隊，順利拆毀三座羅星塔的克魯伯最新式大砲，卻絲毫沒有受到阻擋。法國艦隊開始撤出，這原是極其危險的航程，在長達二十公里的崎嶇水道上，布滿水雷、柵欄；閩安、金牌兩峽谷，則裝置了新式的海防大砲，足以使法艦致命。但是清軍無鬥志，竟坐視法艦耀武揚威，沿途掃蕩搜索，從容逸去。

這一仗打得糊塗，苦心建立的艦隊，七艘被擊沉，帆船十一艘沉沒，船廠也遭重創。中國方面戰死的確實數目不詳，總在一千五百人以上，在嗣洋嶼撈起屍體五百餘具，排列廟中供人認屍，一時福州城內哭聲震天。殆至認無可認，屍身不全者，由官廳合葬於馬縣山邊，立有陣亡祠一處，以爲紀念。

至於法軍，也沒得意太久，他們在基隆登陸，戰況膠著，遇到雨季來臨，狼狽不堪。突擊淡水，企圖轉移戰場，又遭劉銘傳迎頭痛擊，死傷枕藉。孤拔宣布封鎖台灣，並企圖永久占領澎湖，在澎湖修築巨大工事。但遷延日久，瘟疫流行，法軍病死者五百多人，孤拔亦死，全部合葬一巨塚中，二次大戰後，法國遣一軍艦，將孤拔提督之骨灰迎回，其墓碑經過多次遷移，目前仍存在澎湖中正國小圍牆一角。隨著「中法和約」的簽訂，法國終於撤除遠東艦隊，退出澎湖群島；但在好戰官兵的心目中，這眞是他們的奇恥大辱。然而隨著時光的逝去，只留下馬尾、基隆、淡水、澎湖幾處古砲台和忠魂碑，供後人憑弔。

中日對峙

日本從明治天皇戡平幕府，廢除封建，變法維新，勵精圖治之後，已學習西洋的船堅砲利；在外交上也主動出擊，派遣特使前來天津找李鴻章修約，希望也能分到若干利益。同治九年（一八七〇年）九月，日本修約大臣柳原前光到達天津，對李鴻章表示：

「中國和日本是最近的鄰國，兩國應先通好，同心協力地合作。」

李鴻章聽了之後非常感動，加上他素來欽佩日本明治維新的績效，所以表示願意與日本修約，他上奏說：

「咸豐十、十一年（一八六〇、六一年）之間，英法聯軍進攻北京，江蘇、浙江一帶又因太平天國之亂，打得焦土一片，西方各國多乘機脅迫訂定新約。只有日本不乘危內寇，也未要求立約，可見它決心要歸化。……日本和我國距離太近，將永為中國的禍患。……如果籠絡它也許能被我國所用，如果拒絕則必定與我國為敵。」

所以李鴻章不但主張立約，而且建議派大使長駐日本。他這樣做的目的，是在「一則為抵制英、法、美等國，以防止各國的侵略；二則為牽制日本，以消弭後患」。簡單地說，就是李鴻章想「聯日制西」。

當李鴻章仍在大作「聯日制西」美夢的同時，日本已一步步展開侵略的計畫。同治十一年（一八七二年），日本以條約中第二款「彼此相助」被歐美列強指為中日結盟為由，提出換約的要求。另一方面，日本卻冊封琉球國王，所以在同治十二年（一八七三年）雙方商談換約時，日本代表就向李鴻章抗議台灣生番殺害琉球到台灣避風的漁民，並詢問如果日本與朝鮮通商，中國將抱持何種態度。換言之，即日本對琉球、台灣、朝鮮三地都有意染指。

其中琉球、台灣甚至法國想占領的越南，李鴻章都不很重視，認為是海外偏隅，不足以為之興兵。只有對朝鮮問題，李鴻章感到事態嚴重，他說：

「朝鮮是我國東邊的屏障，日本覬覦這裡已經很久了，日本的陸軍比水（海）軍來得強大，距離朝鮮又近。如果日本侵略江浙一帶，還只是沿海部分的問題，但是如果日本侵入高麗則成爲遼東、京城根本的大患。」

李鴻章雖然知道日本早晚會進攻朝鮮，但他當時並沒有趁早防備，幸好此時日本國內部分大臣認爲自己準備不足，才延緩了進攻朝鮮的計畫。

同治十三年（一八七四年）初，日本即派兵進駐台灣琅璚（恆春），一開始清廷甚至不知道此事，是由英國大使轉告才得知消息。於是中日之間又展開談判，當然主事者仍是李鴻章。李鴻章本著他一向的外交原則：一、請求歐美各國大使協調；二、將利益開放給各國，以求對日本的制衡；三、只要不興兵作戰，做小部分的退讓及賠款是可以的。就在這些原則下，同治十三年（一八七四年）九月二十二日，「中日台灣事件專約」在北京簽字，內容是「中國承認日本行爲正當，日軍退出台灣，中國賠款五十萬兩」。

對這個專約各國都非常驚訝，認爲李鴻章如果稍用武力即可解決台灣問題，可是卻一再示弱談和，本來是日本應該撤軍賠償，而現在卻由中國賠款。這次對日賠款，表示中國只願和不能戰，也就是對世界宣布中國的衰弱。雖然輿論激烈批評李鴻章對中日問題的處理不當，可是在北京李鴻章卻升官了，慈禧授他爲文華殿大學士，開漢人爲百官之首的先例。這年李鴻章五十二歲。

光緒四年（一八七八年）四月，清廷駐日大使何如璋寫信給李鴻章，信中說明：「日本已開始阻止琉球向清廷朝貢，如果清廷仍假裝不知道，不做任何反應，將來不但失去顏面，且會敗壞國事。日本人向來跋扈而不顧情面，他們現在阻止琉球入貢，將來進一步必定是吞併琉球占爲己有。琉球被滅後，日本下一目標就是朝鮮，而且琉球接近台灣，如果我們放棄琉球，那台灣澎湖也將得不到安寧。」

何如璋的判斷可說非常貼切；可惜李鴻章並沒有聽信這些，仍然覺得琉球是「黑子彈丸之地，孤懸海外」，何如璋爲琉球阻貢之事請求出兵責問日本，實在是小題大作。

此時李鴻章仍想藉著各國的力量，來阻止日本占領琉球。可是他的想法完全錯誤，在次年（一八七九年）三月八日，日本便正式併吞琉球改爲沖繩縣。李鴻章這時仍周旋在各國外交官員之間，希望他們能出面調停琉球事件，可是日本政府表示不願第三國過問，只願與中國直接談判。於是以李鴻章推薦之許景澄接替原先主戰的何如璋爲駐日大使，雙方爲琉球問題開始談判。因當時中俄爲伊犁問題正處緊張狀態，所以李鴻章主張將琉球問題拖延到中俄問題解決後再做打算。而琉球問題雖表面上一直議而不決，但事實上日本已完全占據了琉球。

在琉球問題的同時，朝鮮也因日本再三要求開放通商，以及俄國的虎視眈眈，屢次向李鴻章請求相助。李鴻章仍用他的老方法，要朝鮮多與其他各國訂定通商條約，想以此阻止侵略者的野心；但李鴻章對朝鮮的重視，遠勝過越南、琉球，甚至於台灣、澎湖。所以當光緒八年（一八八二年）六月，朝鮮因新舊黨爭發生內亂，閔妃向中國請援時，中國立刻派吳長慶率領七千人自登州抵達朝鮮，其中包括張謇及袁世凱。這時日本軍隊也抵達朝鮮，並以朝鮮人焚燒日本使館爲由，要求朝鮮賠償謝罪。最後吳長慶等人誘捕了發動政變的太上皇大院君李昰應送往天津，恢復朝鮮王及閔妃主政，擒殺亂黨數百人。並由朝鮮大臣李裕元和日本公使簽訂「濟物浦條約」，賠款五十萬元，派大臣到日本謝罪，在賠款未付清之前，日軍可留守在日使館內。同時日本聲稱和中國對朝鮮問題有同樣的出兵權。這才結束了這一次朝鮮宮廷內亂，而實質上日本在朝鮮的勢力已向前推展了一大步。

朝鮮問題日益嚴重，使李鴻章逐漸感到日本的可怕，所以準備添購新式快船來加強海軍，並派袁世凱訓練韓兵三千，作爲對抗日本侵略朝鮮的準備。光緒十年（一八八四年）中法戰爭將爆發時，日本政府向法國接洽，希望共同向中國提出對朝鮮、台灣及越南的要求，但被法國拒絕。所以日本趁著中法戰爭時，鼓動朝鮮新黨與日軍一同進占皇宮，擁立韓王，驅逐以閔妃爲首的后黨。后黨向中國請求援助，結果中國派兵驅逐日軍，占領王宮。李鴻章還立刻將援助台灣的軍隊改援朝鮮，並派丁汝昌率艦援朝定亂。這時中日雙方已處於對峙的局面，可是日領事適時提出聲明，表示願意和平解決中日朝鮮問題，於是雙方簽約，以中、日彼此不再軍援朝鮮，朝鮮向日謝罪、賠款，解決了這一次的衝突。

但是中日雙方仍留有大批軍隊駐守朝鮮，於是接著又展開撤軍談判，最後由李鴻章和伊藤博文簽訂「中日朝鮮條約」。內容包括「共同撤兵；均不教練韓軍；朝鮮若有變亂或重大事件，兩國或一國派兵應先行知照」。也就是說，中、日兩國對朝鮮有對等的權利。而李鴻章也派袁世凱將原先拘留在天津的韓大院君李昰應護送回國。此時在日本國內已有大臣建議以武力取得朝鮮，可是因伊藤博文認爲日本國庫不夠充裕，不可貿然出兵而作罷。但以後幾年日本全國積極備戰；而清廷卻安於眼前的和平，沒有任何軍事準備。而且袁世凱也在朝鮮做了幾年的「太上皇」，引起朝鮮及駐韓外國領事的不滿。

到了光緒十九年（一八九三年），朝鮮的東學黨人開始作亂，雖然經過袁世凱的鎮壓，平靜了一段時間，可是次年光緒二十年（一八九四年）歲次甲午，年初，東學黨再度作亂，請求朝鮮政府驅逐外國人，改良政治。於是袁世凱請求李鴻章援助朝鮮平定東學黨，而日本浪人卻乘機幫助東學黨擴大戰事，使朝鮮政府軍逐漸不能抵抗東學黨，而向中國請求出兵平亂。此刻的日本已徹底完成作戰準備，可是又恐師出無名，所以日本駐朝鮮代理公使向袁世凱建議由中國出兵平亂，作為誘迫中國應戰的第一步。所以一得知中國出兵援朝的消息，日本便宣布：「日本出兵朝鮮保衛僑民。」

五月，東學黨之亂已大致平定，日本看中國並無任何作戰準備，所以非但不撤兵，反而增加兵援，希望促成李鴻章為保衛朝鮮而決心應戰。可是李鴻章仍企圖以外交手法解決，並命袁世凱請美、俄、英、法等駐韓公使出面促使日本撤兵，然則日本不同意撤兵，且各國中除了俄國當時因與朝鮮接近，所以較為關心，其他各國都在日本保證不損及他國利益下放手不管。而俄國當時也因與英國關係不協調，加上國內政情不穩，放棄了以武力為後盾，脅迫日本撤軍的作法。

於是日本便公然於六月二十三日，在大東溝口外的豐島攻擊清廷運兵船高陞號及護送的濟源等三艘軍艦，結果高陞號被擊沉，濟源號逃亡時觸礁擱淺、廣乙艦重傷、操江艦被俘。日本陸軍也在同時進攻駐守在牙山的清軍。此刻滿清朝野已掀起一片應戰的浪潮，最後中、日兩國在七月一日同時宣戰，正式揭開中國歷史上最可恥的戰爭——中日甲午戰爭的序幕。

甲午戰爭

中日正式宣戰後，各國紛紛宣布中立，七月十二日大批日軍在釜山登陸，此時日軍在朝鮮已有三萬人以上，正積極向北進軍。清廷的陸軍以李鴻章的老部隊淮軍爲主力，原來駐守牙山，可是豐島海戰後，大家認爲牙山是絕地不可守，故移師成歡，稍經抵抗又移軍繞大同江北走，到平壤與大軍會合。這時因葉志超鋪張誇大戰功入奏，於是李鴻章上奏保薦他爲在韓各軍統領，可是敵前各軍將士卻因此多感不平。

從中日宣戰後，李鴻章先後派了四大軍到朝鮮，其中包括馬玉崑所統率的毅軍四營，高州鎮總兵左寶貴所統率的奉軍六營，大同鎮總兵衛汝貴所統率的盛軍十三營，副都統豐陞阿所統率的盛軍六營。而葉志超既不派兵前往漢城和日軍爭奪先機，又不擇險分屯，互爲策應，只是將所有的軍隊二十九營一萬七千人都聚守在平壤。

清廷海軍以李鴻章一手創建的北洋艦隊爲主力，由丁汝昌率領，因豐島海戰失利，所以李鴻章令其駐守在旅順、威海衛港內，除了護送運兵船外，不出洋應戰。這時清廷想派重臣往前線節制各軍統一指揮作戰，但李鴻章怕兵權被奪，所以婉拒；若要他自己親往前線督戰，他又怕在朝中的權勢被奪，也不肯前往，於是就留在天津遙控各軍，這樣因鞭長莫及，對戰況不清，以致各軍將士人各一心，互不相屬。

原先因豐島海戰失利，光緒帝想要懲罰丁汝昌，但被李鴻章勸阻，只是私下告誡丁汝昌說：

「豐島海戰，已經為西方人傳為笑話，京都各地流言滿布，如果你再一味地包庇袒護手下，將來必定禍不可測。」

這時又有人彈劾李鴻章的外甥，即當時的軍械局總辦張士珩貪污，所購買的槍械彈藥不堪使用，也被李鴻章上奏擔保而不再查辦。於是淮軍及北洋艦隊的各將領就在老家長李鴻章的保護包庇下，和日軍展開一場毫無作戰計畫及精神的戰爭。

日軍兵分四路前進，向清兵駐守的平壤攻來。一支由漢城向西北出發，經過開城、黃州，再由東北折回，攻平壤西南；一支由漢城向西北出發，到黃州渡大同江，攻平壤西南；一支由漢城東北出發，經過新溪、遂安，渡過大同江，攻平壤東北部；一支從元山登陸一路向西行，狙截清軍的退路。

八月十四日各路日軍已到平壤附近，葉志超為各將領分畫守界，而自己居中調度。十六日，正面日軍攻大同江，遭到馬玉崑的軍隊狙擊，彼此大戰四小時，日軍不支退去。另路日軍則攻占城北的山頂數座，左寶貴率軍奮勇抵抗，知道大勢將去，於是穿著黃馬褂頂戴登上城樓指揮作戰，連續中砲受傷而歿。日軍攻占元武門後，便大開城門讓大軍進城，葉志超此時在城內偏懸白旗乞援，並在當天夜裡率領部隊放棄平壤向北逃走。結果在山隘遇到日軍夾擊，損失慘重，死傷達兩千多人，被俘數以百計，一切軍需器械都告遺失，但將領皆活著逃走。葉志超等一路奔逃五百里，直到渡過鴨綠江進入中國境內才敢停止，其中馬玉崑、聶士成苦戰斷後，反而損失最少。

到八月十九日，日軍已全部占領了平壤，而清廷陸軍大都退守安州。據說當調防駐守平壤時，衛汝貴因扣餉引起士兵不服，豐陞阿的軍隊也已半年沒有領餉，所以兩軍一直沿路搶劫，朝鮮人民深感痛恨。

八月十五日，日軍大本營獲得中國海軍將護送軍隊登陸的消息，於是便準備以第一游擊艦隊直截中國海軍作戰。十七日丁汝昌率領北洋艦隊全部十六艘艦，爲招商局的船護航以運送劉盛休的軍隊，從旅順出發抵達大東溝，徹夜登陸。這時日本第一游擊艦隊集合全部十六艘艦艇在大東溝外等候，次日北洋艦隊準備從大東溝返回旅順時，便在大東溝外大鹿附近遇到日本艦隊。

當時，日本艦隊以最新的吉野艦爲首，作直線形攻擊。中國方面，丁汝昌、劉步蟾，德國顧問納根，英國顧問泰來商議結果，決定分段縱列迎擊，以旗艦定遠、鎮遠爲首。但劉步蟾卻將艦隊改爲一字直線，旗艦定遠、鎮遠兩艦居中，由其餘弱艦爲兩翼成半月形。日本艦隊快速繞過來襲擊右翼，這時泰來告訴丁汝昌要移主力艦定遠、鎮遠當要衝，但劉步蟾卻不聽命令，一意孤行。當日本旗艦松本尚距中國旗艦六千尺時，劉步蟾即命令發砲，可是砲程只有五千尺，砲彈皆落入海中。但因發砲引起的震盪，丁汝昌墜地身受重傷。最後日艦包圍北洋艦隊，猛轟各艦尾端，而北洋各艦則因缺乏彈藥，很少發砲。雙方戰到日暮各自撤返，日本旗艦松本、快速艦吉野雖也受傷，但北洋艦隊幾乎全軍覆沒，所有的船艦重創的重創、擱淺的擱淺、沉沒的沉沒、被俘的被俘，幾乎沒有一艘能完整回到旅順。

這場歷史上最可笑的黃海海戰，將李鴻章苦心經營八年的北洋海軍一舉擊敗。而李鴻章仍然隱瞞戰情，包庇部下，將不聽指揮的劉步蟾奏爲「督戰尚奮勇」，最後竟代理重傷的丁汝昌掌管北洋海軍。這種賞罰不明的態度，更加強各將領不勇往奮戰，聞日軍來襲即逃亡的心理。

平壤失守、黃海戰敗後，清廷決戰的決心已經開始動搖。當日軍準備渡鴨綠江進攻遼東時，清廷便以恭親王奕訢爲代表，以允許朝鮮獨立及賠款爲條件，向英、美、法、德、俄各國詢問，是否有國家願意調停中日戰爭。可是各國卻存心觀望，不肯做肯定的回答。而日本一看情勢大利，便加強攻勢，組成第二軍，準備直接進攻中國。

在平壤戰前，李鴻章顧慮到各將帶兵深入朝鮮，沒有後援接應，所以命宋慶帶領毅軍五營從旅順出發，劉盛休帶領銘軍十二營從大連出發，依克唐阿帶領鎮邊軍十二營從黑龍江出發，各軍將在邊界處九連城會合。可是各軍還未會合，平壤即已失守，敗退的各軍也紛紛逃走。清廷革去葉志超的職位，並逮捕衛汝貴問罪，另外派宋慶接替統領各軍。宋慶是武人出身，雖然英勇善戰，但無調度能力，而且和其他各將領職位和輩分都相近，大家對他並不服氣。所以當時在九連城的軍隊雖有平壤守軍的兩倍共七十多營，但卻是一盤散沙毫無紀律可言。

九月二十二日，日軍已逼近鴨綠江，集中在新義州準備渡江，清軍嚴防中游江面，可是日軍從上下游偷渡，清軍抵不住日軍猛烈的攻勢，一一敗退。二十八日，日本第一軍攻占了九連城，同日又攻下安東，宋慶率軍退守鳳凰城。十月一日，宋慶又放棄鳳凰城，退守摩天嶺，於是日本第一軍輕易地進入鳳凰城，並獲得清軍留下的大砲五十多門。

當日軍第一軍攻打九連城的同時，日本第二軍也開始在大連附近陸續登陸。這時李鴻章命道員龔照嶼盡護旅順、大連各將領，可是龔照嶼貪鄙庸劣，各將領根本看不起他。十月七日，日本第二軍的主力由大連登陸，九日進攻金州。金州守將徐邦道請大連守將趙懷業合兵迎擊日軍，趙懷業卻相應不理，自己在大連準備帶兵逃走。徐邦道只好單獨帶兵奮勇作戰，但終難以寡敵眾，於是金州失陷，徐邦道退守旅順。金州失陷後，摩天嶺守將宋慶怕日軍由金州攻擊摩天嶺的後路，所以移師駐守海城，留下聶士成獨守摩天嶺。十日，日軍兵分三路進攻大連灣，大連守將趙懷業早在前一天便攜帶錢糧逃到煙台，因此日軍不費一兵一卒便進占大連，並獲得大砲一百二十門及大量的彈藥軍需。

當金州失陷的消息傳到旅順，龔照嶼便由海路逃到煙台，再轉至天津去見李鴻章，李鴻章將他罵了一頓又命他再回旅順。此後大連失守，旅順守將姜桂題調度無方，文武官員都相繼逃走。十月二十日龔照嶼又乘魚雷艇逃到煙台，而水雷管帶也攜帶炸藥發射器逃到煙台，使旅順港外的水雷六百個全部失效，此時旅順城內人心擾攘，士兵們自己發放糧餉。二十五日，日本艦隊來到旅順港外，砲台的守兵逃亡，日軍進入旅順城內，發動慘無人道的大屠殺，全市僅留三十六人。

當日本第二軍在攻打旅順時，第一軍也由九連城、安東等地繼續向前進攻，這時李鴻章命主力軍扼守大高嶺，仍歸駐守在海城的宋慶節制。十一月，日軍兵分兩路夾擊，向西攻下了岫巖、海城。十二月再攻陷蓋平，於是關外震驚。

黃海海戰之後，北洋艦隊還有戰艦七艘，當旅順告急之時，丁汝昌以旅順攸關北洋大局，所以自請以海軍全力支援旅順，決一死戰。可是李鴻章罵他說：

「你在威海衛把你的船守好就好了，其餘的事你就別管了。」

可是等到旅順失守，朝議以旅順船塢失陷，使北洋根本已拔，於是下詔褫奪丁汝昌的職位。這表現出清廷對大局始終無一貫方針。十一月底，日軍開始攻打威海衛，北洋海軍躲在港內不敢出來應戰，日軍由龍鬚島用小火輪帶舢板強行登陸，襲擊陸上的守軍及砲台。到光緒二十一年（一八九五年）一月，日軍已攻下南幫、北幫兩砲台，並以軍艦擋住港口，使威海衛港內的全體北洋艦艇坐以待斃。一月十七日，日軍攻下北洋海軍最後的據點威海，丁汝昌仰藥自殺。

當日本第一、二軍勢如破竹地攻進中國本土之後，西方各國怕因此影響到各國在中國的原有利益，所以出面建議以國際共管朝鮮。恭親王奕訢也趁此機會拜訪英、美、德、法、俄各國駐華公使，請求調停中、日戰爭，允許賠償軍費，令朝鮮自主；

各國終於同意聯合干涉中、日戰爭。大連失守後，美國總統命美國駐日大使向日本詢問是否接受各國調停，日本卻表示只願與中國單獨談判。於是李鴻章命天津海關稅務司德璀琳以頭品頂戴赴日本，謁見伊藤博文，打探議和的條件；可是日本以德璀琳為西人，拒絕與他議論。十一月二十四日，清廷以戶部侍郎張蔭桓及署湖南巡撫邵友濂為使臣，另請美國前國務卿福士達為顧問，前往日本求和。日本無意媾和，認為軍事方面必須給中國更嚴重的打擊，才能隨心所欲，所以藉口張、邵授權不足，拒絕協商。

早在平壤戰敗時，清廷就考慮到淮軍不可恃，於是又想起用湘軍。到十二月，李鴻章也請求再派重臣代替督師，於是清廷授命湘軍出身的兩江總督劉坤一為欽差大臣，駐守山海關，節制各軍。可是劉坤一原本無作戰經驗，又以鴉片煙癮奇大、妻妾眾多、生活奢靡聞名；到山海關後各將領與他素不相識，他又無良策作戰，所以雖擁有一百二十營六萬多人，卻毫無功能。光緒二十一年（一八九五年）二月，日軍一路由蓋平攻向營口，一路由岫巖攻向鞍山，原本駐守在海城的日軍也乘機向西推進。防守的清軍相繼潰散，二月初八牛莊失守，十一日營口失守，從此遼河以東完全被日軍占有，瀋陽、遼陽岌岌可危。

在整個中、日戰爭中，中國唯一的勝利，就是聶士成在一月二十七日於摩天嶺擊敗日軍，並收復連山關，後來又收復分水嶺。這證明中國軍隊並非無法與日軍抗衡，而是不戰而敗，將領沒有作戰的決心，一見日軍立刻潰散逃亡。李鴻章也知道這些情形，他電告淮軍和北洋海軍各將領說：

「半年以來，淮軍在各地的防守，絲毫沒有作戰計畫及部署，遇到敵人立即敗退，敗退後就逃亡，實在令天下後世人感到十分恥辱。如果各位稍有天良，就要爭一口氣，捨一條命，於死中求生，那才是最大的榮譽。」

可是他不肯向朝廷承認這個事實，旅順失守後，群臣束手無策，他也被革職留任摘去頂戴，但仍上奏包庇部屬。他說：

「旅順各軍以新兵抵擋巨寇，尚且能堅守十多天，屢戰屢勝。是以旅順的失守，推論原因，實在是由於寡不敵眾，器械懸殊，並不是各軍不奮勇作戰。」

光緒帝雖也略知戰況，想要怪罪李鴻章，但又怕淮軍難以馴服，只好作罷。

在光緒二十一年（一八九五年）一月十七日，日軍攻下威海及劉公島，徹底摧毀北洋海軍之後，光緒帝決定派李鴻章爲全權大臣乞和，並依照日本要求賦予李鴻章有「承認朝鮮獨立，賠償軍費，割讓土地」的執行權。二月十八日李鴻章偕同參議李經方、參贊羅豐祿、馬建忠、伍廷芳，顧問美國前國務卿福士達，翻譯盧永銘、羅庚齡等人，從天津乘德國商輪兩艘赴日本長崎，再轉馬關。

二十三日李鴻章一行人抵達馬關，次日李鴻章便和伊藤博文、陸奧宗光首次展開會談。李鴻章要求停戰，日本卻一再拖延。

雙方繼續談判中，日軍在中國又占領了牛莊、營台，並渡過遼河攻入田莊台，日艦也駛向台灣準備占領。直到二十八日，日本激烈分子小豐山太郎為了中止議和，擴大戰事，持槍潛入李鴻章寓所，開槍打中李鴻章左頰。

日本全國震驚，日皇下詔謝罪，詔御醫為李鴻章醫治。並在三月二日下令停戰，日方對議和條件也稍作退讓。

經過多次談判，終於在三月二十一日李鴻章與伊藤博文議定中日媾和條約，二十三日正式簽字：「承認朝鮮獨立；割讓遼東半島、台灣、澎湖；賠款二萬萬兩；依西例議定通商條約；日軍於條約批准後三個月內撤退，日占威海衛為質，在煙台換約。」

馬關條約的簽訂，等於是向世界宣布，中國已沒落到可令人任意宰割的地步。這個令滿清皇帝與全中國人落淚的條約，從此像洗不去的恥辱，永存在歷史之中。

中日平壤之戰實況

中國軍隊爲了鎮壓全州道的東學黨，原駐牙山前線。後來因爲援軍被偷襲，而且牙山地形平坦，不利戰守，就移師到成歡。成歡附近沼澤縱橫，港汊極多，又有幾處小高地，可以設立陣地，所以葉志超、聶士成決定在此駐紮。七月二十六日（光緒十九年六月十三日），日本第一軍的先鋒大島混成旅來攻，武備學堂的學生于光炘、周憲章、李國華、辛得林等四人，利用狹窄地形，在橋頭據守，打死打傷日軍數十人。日本軍官企圖率衆繞道攻擊，也有二十人溺斃於沼澤之中。四人的狙擊延緩了大島旅團將近一個小時，但毫無後援，終於先後戰死。日軍渡橋後，中國軍隊在葉志超的率領下，僅做輕微抵抗，就拋棄輜重及大砲八門，向北退走五百里，並且繞過漢城，直接與中國大軍在平壤會合。日軍因此占有整個南韓，並對這樣輕易獲得的豐碩戰果，感到難以置信。

中國方面，葉志超則把于光炘等人拚死力戰的小戰果據爲己有，以接戰獲勝上奏，不但獲得犒賞軍費，而且授權他節制聚集在平壤的各路軍隊。當這項命令傳到平壤時，立刻瓦解了將領們的鬥志。大軍的軍糧台原來遠在中韓邊界的九連城中，因爲左寶貴的堅持，才陸續遷到平壤一部分，以示與城共存亡的決心。

根據中、日雙方參戰者所寫的回憶，平壤城是一座非常雄偉堅固的石頭城池，高達十公尺，周圍十餘公里，三面環水（東、南爲大同江，西面爲普通江）、一面環山（北有牡丹台、牡丹山），且附近沼澤縱橫，易守而難攻。東接元山，南連漢城，北往遼東，四通八達，誠爲戰略、戰術上的要地。所以中、日雙方陸軍決心在此一決勝負，

中國軍隊馬玉崑、左寶貴、葉志超、衛汝貴先後駐進平壤，四支軍隊合計三十五營，一萬七千五百人。中國當時的軍隊組織仍然十分保守，一律以營（五百人爲單位）爲準，營官以上則爲大帥，或率三、五營，或十餘營、或百餘營不等，領兵大員從總兵、參將、提督到巡撫、總督都有官階，品秩相差也很多。四軍到達平壤後，朝鮮百姓軍民乃至王公貴族，無不竭誠歡迎款待；但中國軍隊，尤其是衛汝貴部操守太差，搶掠、姦淫日有所聞，朝鮮人大失所望。不久又大肆徵調民伕，修築城外堡壘，費時數月，動員數萬人，共修成城南五處，城東五處，城北五處，合計十五個堡壘。其中以牡丹台堡壘最爲壯觀，高達五丈，全用土方堆成，向外爲急斜坡，向內爲緩斜坡，這種工事，在中國古代稱爲龍尾牆，工程艱鉅。各壘設有新式野戰砲，平壤城四角則有城防重砲，一時旌旗蔽日，聲勢赫赫。

在日軍方面，日本維新三十年的老本，一是精練海軍艦隊一支，一是訓練新式陸軍六個師團，除近衛師團負責衛戍外，其餘五個師團負責征戰，每個師團兩萬四千人，合計十二萬人，係全國精英組成。日本出兵朝鮮，輕易占有南韓全境，整頓兩個月後，陸續向平壤採取大包圍戰略，所動用的兵力日方稱為第一軍，約兩萬人，相當於一個師團的兵力。

第一軍又分為四支，由四路進攻，中間由日本陸軍第九混成旅團長大島少將率領（他是牙山之戰的主將），負責由中和往平壤的正面牽制攻擊。第五師團長野津道貫中將為全軍之總指揮和預備隊，緊隨大島之後，伺機攻擊平壤西南角。第十旅團由立見尚文少將率領，攻擊平壤東側。另外，由朝鮮半島東岸的元山港，登陸一支奇兵，由第三師團的佐藤正大佐率領，負責攻取平壤北面的牡丹台及元武門。平壤共有七個城門，北為七星門、元武門，南有朱雀門，完全按五行排列，與中國古代相同。

守軍方面，馬玉崑負責東面、南面；左寶貴負責北門，葉志超部隊及衛汝貴負責西南；葉志超本人則居城中指揮。九月十五日拂曉，日軍發動攻擊，大島旅團攻擊馬玉崑所負責的南方各壘，戰況激烈。正面攻堅的一個聯隊，自士官以上，全部負傷，反覆衝鋒，才攻下馬軍第一、二壘，但大同江南岸的第三壘仍堅守不下；日人記載

「即使著名的勇士，也不免稍形退縮」。此時大島少將突然親自發起衝鋒，但自己也告受傷，日軍頓挫。

佐藤大佐的奇兵則先占領北漢山斷中國軍隊的後路，再奮戰攻取北面第一、二各壘，左寶貴則在北面第四壘（牡丹台）上全力抵抗。中國各壘大約採前三後二的五子連環方式興建，通常前三壘被攻占後，後二壘就不戰而退。

立見少將所率領的第十旅團由東面渡大同江而來，這是清軍一個重大失誤，江面上竟未設防，馬玉崑的部隊更被大島所吸引，東側防衛力量薄弱，葉志超及衛汝貴部又未能及時補位，所以東側迅速被穿破，一、三壘陷落。立見與佐藤會師，又摧毀了平壤東北角的城防砲台，合圍牡丹台堡壘。左寶貴見日軍愈聚愈多，屬下軍心動搖，就穿上御賜的黃馬褂督戰，以激勵士氣。有營官楊某苦勸左帥退守城中，被左怒摑而去，有人記左帥親自操砲，有人記左帥親自指揮砲擊，不久，砲台被日軍重砲命中，左寶貴被鐵枝貫胸，救至台下，業已氣絕。北面城防因而潰散，日軍攻取各壘，並由三村幾太郎中尉率手下十二名突擊隊，攀上北面城牆（守兵竟未能阻止），而由一等兵原田打開元武門，日軍一擁而入，外城被日軍占領，來不及退入內城的清軍，或被殺，或被俘。

元武門依山而建，地勢最高，北門既失，全城暴露在日軍火網之下。葉志超遣人持白旗至日軍軍中，以天色已晚，要求休兵一日，與士卒休息，日人許之。經一日苦戰，日軍死傷約六百人，清軍損失也大致相同（在某些中國記載中，是日軍要求休戰，但不合情理，姑從日人記載）。

平壤之戰，平心而論，清軍表現尚可，日人雖勇猛亦稱爲勁敵，無奈主帥葉志超早已膽寒，計畫趁黑夜逃遁。其時平壤城中尙有一萬四千名勁旅，黃金（金沙、金磚、金錠）十二箱、白銀十萬兩、糧食無數，大砲四十八門、輜重無數。但葉志超皆棄之不顧，逃亡途中，反遭日軍邀擊，死傷數千人。若令名將劉銘傳輩守之，勝負正未可逆料。

平壤戰後，九連城、牛莊、營口諸役更爲兒戲。日本另起第二軍，由海上攻擊旅順、大連。旅、大兩處號稱天險，共有新式重砲四百五十九門，是北洋重地，竟也輕率資敵；威海衛、劉公島之役也都讓日軍輕易得逞，造成重大戰果。甲午之戰，日人共獲中國軍火砲六百零七尊，步槍七千三百九十四支，其中不乏歐洲所生產的最新型利器，北洋數十年經營一旦瓦解，戰者「兵凶戰危」之道，豈可不愼！其中有些戰利品，被日人列爲軍史館收藏品，二次大戰後，又被我政府收回，目前置於中華民國國軍軍史館門口，仍在訴說著往日的哀痛，但往來的人群，又有誰關心它呢？

日軍對淮軍的脆弱大為驚奇，譏為「雞蛋軍」，意思是不堪一擊，不免驕矜自大。割台之役，派遣近衛師團登陸，企圖「戴著白手套占領台灣」，並對世界列強誇耀一番。誰知遭到台灣軍民的迎頭痛擊，前後兩次增兵，仍不能壓抑台灣同胞誓死捍衛家園的決心，近衛師團長能久親王北白川宮，也在台南附近遇伏傷重而死。日本先後動員四個師團（為甲午之戰的兩倍），清廷若能稍加資助義民，日軍恐不止於灰頭土臉而已，讀史之餘，常令人掩卷浩嘆。

倒是平壤城北，牡丹台上，日後擴建為牡丹公園。園中左寶貴將軍殉難處，立有石碑紀念，曆日、俄及共黨占領，迄未拆除，其忠勇節烈，固不因政權轉移而有所不同。鄉里傳言，左氏逝後三年，每年七月雨夜，英靈仍起而操兵，黃袍白馬，神氣凜然，亦有鄉人多名共見，遂以為神。

中俄關係戲劇性的轉變

光緒四年（一八七八年）五月，慈禧太后命吏部左侍郎崇厚，為出使俄國的欽差大臣，希望商議有關收回伊犁的事宜。七月二十九日，崇厚與俄國議定了一份喪權辱國的中俄伊犁條約，內容包括：「賠償白銀五百萬盧布，割讓三處土地給俄國，增開通商口岸，收回伊犁。」也就是無緣無故向俄國「割地賠款」。

消息傳回北京後，立刻引起各王公大臣的指責。於是慈禧太后判崇厚下獄候斬，改派曾紀澤前往俄國改議伊犁條約。這一舉動引起俄國不滿，增派艦隊及陸軍到海參崴，而慈禧也命左宗棠駐防哈密，準備隨時向伊犁進攻，中俄雙方已形成對峙局面。這時俄皇舉行御前會議，俄國各大臣都對征服中國並無十分把握，而且可能引起國際間的干涉，所以決定暫緩出兵計畫。而且英國政府認為中俄衝突，必定會損害到英國在中國的利益，所以和李鴻章商議，奏請慈禧太后釋放崇厚，再由英國出面協調，雙方的緊張局面才在曾紀澤謁見俄皇後逐漸緩和下來。

光緒七年（一八八一年）初，曾紀澤與俄外相簽訂了伊犁條約，爭回了大部分失地，重劃西北境界，賠款則增加為九百萬盧布。這是清廷在當時無數不平等條約中，唯一較平等的條約。崇厚之所以和俄國簽下「賠款割地」的伊犁條約，除了本身的無知外，也反映出當時清廷對俄國的懼怕，遠勝於剛興起的日本。所以當中日發生衝突以後，滿清朝野一致認為應聯俄制日，使中國陷入俄國甜蜜的陷阱中，而遺禍無窮。

光緒二十年（一八九四年）甲午戰爭將爆發之前，李鴻章請俄國大使出面調停，俄大使表示：「俄國與朝鮮是近鄰，一定不容許日本不合理地干涉朝鮮內政；中國拒絕日本共同改革朝鮮政治及稅務的要求，和俄國的關係很大，希望中俄同心協力來維持朝鮮和平。」並強調：「如果日本不遵循撤兵的要求，必要時只有用強迫的手段使日本同意撤兵。」

俄國大使雖然對李鴻章做此表示，但另一方面卻對日本保證不干涉中日問題。李鴻章雖從各方面得知俄國所說的調停只是空談，但他仍努力請列強出面協調，並邀請俄國參加中、日、俄三國會議。結果俄國代表卻反而明白表示，俄國政府因準備不足，並且為使列強明瞭對朝鮮並無野心，以及避免中日問題決裂，所以決定不再干涉朝鮮的糾紛。李鴻章聽了之後非常不高興，便對別人說：「即使俄國出面干涉，達成和議，借助外國人的力量，也是中國人的恥辱。」

最後中日戰爭在日本的存心挑釁，列強的各自為己，以及清廷主戰派得勢，李鴻章不願放棄朝鮮的各種原因之下，宣布正式開戰。

中日甲午戰爭正式開戰之後，中國在毫無作戰準備及抵抗決心之下，完全出乎列強意料之外的節節敗退。此時，俄國御前會議決定以維持朝鮮現狀為外交政策中心，所以又開始表示絕不讓日本併吞朝鮮，力邀各國一同干涉日本在朝鮮的行動，並主張國際共管朝鮮。這時清廷正被日本打得毫無反擊的餘地，看到俄國願出面干涉日本，於是提出了聯俄制日的政策。並在得知俄皇亞歷山大三世逝世，由尼古拉二世繼位的消息後，就計畫派專使致賀，進而提出聯俄的要求。而俄國本身也認爲，如果想要在遠東謀求發展，最理想的盟國就是中國。因爲中、俄兩國大陸可聯結一氣，而且以中國當時的情況，在短時間之內絕對不會對俄國產生任何威脅；並希望藉著籠絡中國，能得到一個不凍港及滿洲的一部分。誰知道俄國還在國內打著如意算盤時，中日雙方已經簽訂了馬關條約，將俄國想染指的滿洲（遼東半島）割讓給了日本。新上任的俄皇急忙召集御前會議，決定向日本提出交還遼東的最後通牒，並表示不惜以武力干涉。

在俄國大力協調下，俄、德、法三國共同要求日本歸還遼東，最後中國賠償三千萬兩贖回遼東。俄國除了幫清廷要回遼東，還自願擔任法國財團貸款中國的保證國。俄國這些舉動讓滿清政府又感激又信任，決定派一全權大臣祝賀俄皇，以願意讓俄國建築鐵路通過東三省及讓一不凍港爲原則，商討兩國締造進一步的友好互助條約。當時清廷本決定派遣王之春出使俄國，但俄國認爲王之春位卑望淺，希望清廷能改派李鴻章，清廷只好以李鴻章爲全權欽差大臣出使俄國。李鴻章對於能出使俄國並順道遊歷歐美各國非常得意，他說：

「我經辦洋務已有數十年，雖不敢說外人如何仰望我，但各國朝野也總算知道中國有我這樣一號人物。」

光緒二十二年（一八九六年）二月十四日，李鴻章一行人從上海乘船放洋，在閏二月十八日抵達俄國聖彼得堡。當時負責籌畫整個俄國遠東計畫及接待李鴻章的是俄國財務大臣威特。他是俄國在第一次世界大戰之前最負時望的大政治家，有「俄國財政界的彼得大帝」之稱。威特是個東方通，他不但知道中國的地理環境及政治情勢，甚至也瞭解中國人最好面子；尤其是官僚又愛面子又愛金錢。所以當李鴻章一到俄國後，就受到最隆重的招待。住的是最豪華的賓館、坐的是俄皇御用馬車，一切的接待都以中國禮節，並且加以特別點綴，這一切都使李鴻章樂得暈陶陶的。

就在這種情況下，雙方在光緒二十二年（一八九六年）四月二十三日簽訂了令世界震驚的中俄密約，密約的序言中說：

「為保持遼東和平，不讓侵占土地的事件再次發生，所以訂立禦敵互助公約。日本如侵略中俄兩國其中一國，中俄即互相應戰，不可單獨求和。戰時中國所有口岸准許俄國使用。為了運兵便利，中國允許俄國建築鐵路經過滿洲，由華俄銀行承辦，詳細章程另商。即使平常無事，俄國亦有權運送兵糧。」

據說，密約中原先所議定共同防禦的敵國並不只日本，而是「中俄軍事同盟抵禦來犯的任何敵國」。可是當雙方審議完畢正要簽約時，俄國外相表示已經過了十二點，要大家先用午餐。於是中俄雙方參加簽約的人員走進餐廳，大家面對美酒佳餚舉杯慶賀簽約順利。誰知在這把酒言歡之時，俄外相耍了一個把戲，將同盟抵禦的敵人改成只限日本一國。午餐後李鴻章一點也沒有察覺到內容改變了，糊裡糊塗拿起筆就簽了字。中俄密約簽字後第二天，俄皇特別爲歡送李鴻章舉行宴會，並設立李鴻章基金。李鴻章與俄國外相簽訂議定書，等中俄兩國政府批准中俄密約後，俄國立刻將第一期款一百萬盧布支付給李鴻章。

李鴻章簽下了這份既不平等也不互惠，而且遺禍無窮的中俄密約，可是他本身卻渾然不知，甚至覺得因此控制了日本的野心而感到洋洋得意。所以當他遊歷歐美結束，在八月二十七日回到天津時便告訴大家說：「今後可得二十年安全」，但這完全只是李鴻章自己的幻想。這個幻想在九月十四日他到北京謁見光緒帝時就被點破了；光緒帝原先就反對聯俄，對中俄密約的內容更是不滿。所以光緒帝責備李鴻章所簽的中俄密約，是將「中國置於俄國的鐵蹄之下」。後來歷史證明光緒帝的說法並沒有錯，俄國對中國的野心絲毫不亞於日本；而對中國的危害甚至超過了日本。

外交失敗的原因

從清同治九年（一八七〇年），曾國藩因辦理教案感到「內疚神明，外慚清議」，遭到朝野一致的指責去職之後，李鴻章就一直擔任直隸總督兼北洋通商大臣的職務，並一做就是二十五年。在這期間，他幾乎包辦了當時中國所有的外交活動。這是因爲在清廷方面，他深得掌權者慈禧太后的信任及恭親王奕訢的支持；在外國方面，西方列強雖看不慣李鴻章的「官架子」，但卻更厭惡總理衙門各大臣的推託敷衍，所以仍認爲李鴻章在當時是最佳的交涉人選。就在這兩方面因素配合下，使清末的一切外交活動形成非李鴻章無法辦妥的局面。

但平心而論，如果以現代外交家的標準來衡量李鴻章，他並非一位傑出的外交人才。首先，他對西方文化缺乏認識。他雖是二甲進士出身，但所讀的書完全是科舉取士的八股文章；一直到他四十歲帶領淮軍進駐上海之後，才正式接觸到西方人。所以他和當時一般人一樣，認爲西洋人除了船堅砲利外一無可取；對日本更視爲「蕞爾」小國不值一顧。但他又不得不和這些國家的大使交涉，所以他常提到要用「痞子」手段，而不求進一步對外來文化做更深一層的認識。

其次是李鴻章的個性。李鴻章的脾氣在當時是出了名的「中堂脾氣」；所謂的「中堂脾氣」，正代表著李鴻章自大、目中無人、不受商量又好弄權術的個性。梁啓超對李鴻章的個性有這樣的批評：

「李鴻章接物待人，常常帶著傲慢輕侮的臉色。和外國人交涉時，尤其表現出輕侮的態度，因爲他將外國人都當成巧詐的商人，都是爲了利益而來，所以他本身也持籌握算，唯利是圖。崇拜西方人的劣根性，在李鴻章身上一點也看不到。」

雖然李鴻章這種自大的個性，在當時一片排外與媚外的聲浪中顯得特別突出，但在對外交涉時，的確是常常「爭到面子，卻失去裡子」。如中法李福簡約：「中國撤退，不過問越事……不傷中國體面。」又如中日伊李朝鮮退兵條約：「中日兩國如派兵至朝鮮須互相知照。」前者將越南平白讓給法國，後者承認了朝鮮爲中日共同的保護國，都是明顯的例證。而爲害最深的中俄密約，就是由於威特故意的客氣恭敬，使李鴻章在日常生活中表現出自大忘形的態度，可是密約的內容卻是圖利俄國，將中國置於俄國的鐵蹄之下。由此可知，李鴻章這種自大、好面子、不聽勸諫的「中堂脾氣」，實在是他與外人交涉時最大的缺點。

當然我們也不能將一切責任都往李鴻章身上推，因爲當時的滿清是一個完完全全的君主專制政體，不論大小事情，決定權都在滿清宮廷之中，外面辦事的臣子也只能「奉旨」才能「行事」。而滿清的腐敗與無知是無須多言的。此外，清廷中還有一群諫官（御史），御史原來的職務是負責監察各官員，以產生制衡的作用，這原是中國特有且進步的政治制度。可是到了晚清，御史多由專門反對當權派的「清流」來擔任，他們完全不顧大局，只是爲反對而反對。這種反對的浪潮常常左右滿清王室的決定，所以李鴻章在辦事時常受到牽制，事權因而不能統一。

加上當時滿清政府及李鴻章個人都沒有一套完整的外交政策，只要任何一個強國略施好臉色，或講幾句中聽的話，馬上決定要聯合這個國家，而完全不考慮對方眞正的企圖和本國的條件。所以在甲午戰敗後，李鴻章自喻爲「裱糊匠」，屋子哪破了就補哪裡，但卻無法蓋一幢新的屋子。這實在是很好的比喻，清末的一切策略，始終忙著哪出問題就補哪裡，但對一個垂危的老屋子來說，東補西補也延長不了多久的壽命。所以不論是「聯日制西」或「聯俄制日」，最後吃虧的都是中國。

李鴻章在外交上失敗的原因除了上述幾點外，所謂的「弱國無外交」也是一個重要因素。國際間一切的外交、談判、交涉，都必須以國力作爲後盾，以當時滿清的積弱，其實也只有任人宰割的分。西方列強以強有力的武力作後盾，不斷提出各種無理要求，清廷若不接受則兵戎相見。而李鴻章認爲如果作戰，一定戰敗，與其到戰敗再求和賠款割地，不如趁早讓步和談，條件還會好些。所以他一再主和不主戰，而被批評爲軟弱。他比喻當時的中國「像一個體弱多病的人，如果好好醫治調養，都可能會傷及元氣，如果再好勇鬥狠，最後必定會有性命之憂」。李鴻章就在這種惡劣的情勢下，想運用國際均勢以拯救中國，免於走上被列強瓜分的命運。但無論他如何努力，都無法阻止已腐朽不堪的大清帝國逐步走向滅亡。

五、自强大計和生平師友

自強運動及其開端

道光十九年（一八三九年）中英鴉片戰爭後，西方列強以船堅砲利打開了中國的大門；但當時中國仍未覺悟。直到咸豐十年（一八六〇年）英法聯軍攻進了北京，京城中少數有遠見的士大夫才覺悟到中國非要求自強不可。於是開始有人提倡模仿西法，希望能「師夷之長技以制夷」。從英法聯軍之役結束到中日馬關議和之間的三十四年間（一八六一～一八九五年），近代史將這一時期稱為自強運動或洋務運動。

自強運動是這三十多年中所興辦的各種實業及措施的總稱，目的在求中國強大，以避免列強的侵略。自強運動的領導人物，在朝廷之內以恭親王奕訢及他的助手桂良、文祥為主要提倡者；在朝廷之外的地方封疆官員，以曾國藩、左宗棠、胡林翼、李鴻章等為實際工作者；這些人之中又以李鴻章為不成文的執行人。這並非他比其他人更熱心、有毅力、有遠見，而是因為他懂得為官之道及保養之道，使他在實際權勢中占有絕對且長久的優勢。李鴻章從同治九年（一八七〇年）接替曾國藩擔任直隸總督，就一直連任到光緒二十一年（一八九五年）甲午戰敗爲止，前後一共做了二十五年之久。在這期間他一方面深得慈禧太后的信任與倚重，另一方面直接統領當時海、陸兩軍的主要部隊——淮軍及北洋海軍。在上下都有人支持的情況下，他大力推動洋務，自強運動中許多措施及事業，都出於他的籌畫和創建，這也使他成爲清末自強運動的中心人物。

當咸豐十一年（一八六一年）李鴻章帶著他的「乞丐軍」——淮軍來到上海時，最令他矚目的不是當時上海巡撫薛煥身著錦繡衣裳的軍隊，而是兵器精巧、隊伍整齊的洋兵隊。他曾爲此寫信給曾國藩說：

「鴻章曾經參觀英法提督的兵船，看到船上大砲的精純，子彈火藥的細巧，器械的鮮明，隊伍的雄整，實在不是中國軍隊所能比得上……我深爲中國軍器比外國差得太遠而感到可恥。每日告誡淮軍將士要虛心忍辱，學習西洋人訓兵製器的祕法，希望能對中國軍隊有所幫助。如果久駐上海而不能學習到西洋人的技藝，我以後必定會感到後悔及愧疚。」

於是李鴻章決心要使淮軍改頭換面。首先他和英軍司令簽訂聯合作戰合同；派遣淮軍三千人交給英軍訓練，並託英法軍官回國招募工匠及代購機器，以便隨軍製造槍砲彈藥，且聘請洋人到各營教導軍士大砲的操作使用。所以後來淮軍攻打太平軍時，兵器上占了很大優勢，尤其是開花大砲，轟得太平軍損失慘重。到太平天國平定後，淮軍已成爲全中國武器最精良的軍隊。

重要成績

除了將淮軍的兵器洋化外，李鴻章還創辦了不少自強事業：

同治二年（一八六三年）在上海成立廣方言館，選擇十四歲以下幼童學習西洋文字，並設立圖書印刷所，搜集科學圖書。

同治四年（一八六五年）在上海設立江南機器製造局，並附設譯書局。

同治九年（一八七〇年）擴充整頓天津機器製造局。

同治十一年（一八七二年）選派幼童赴美留學，爲中國派遣留美學生之始。設立輪船招商局，據當時報紙所登，招商的私股，大半是李鴻章所有。

光緒六年（一八八〇年）在天津設立水師學堂。設立南洋電報局。

光緒七年（一八八一年）設立開平礦務局，並爲運煤便利，在開平唐山間修築了二十餘里的鐵路。

光緒八年（一八八二年）修築旅順軍港，並在上海創辦機器織布局。

光緒十一年（一八八五年）在天津成立武備學堂。

光緒十三年（一八八七年）開辦黑龍江漠河金礦。

光緒十四年（一八八八年）成立北洋艦隊。

光緒十七年（一八九一年）在上海設立倫章造紙廠。

光緒十九年（一八九三年）在上海設立機器紡織總局。

光緒二十年（一八九四年）在天津設立醫學堂。在湖北設立聚昌、盛昌等火柴公司。

在這些自強事業中，李鴻章最重視的是鐵路的興建及海軍的建立。早在同治二年（一八六三年），上海洋商就曾要求建築蘇州到上海之間的鐵路，但遭李鴻章拒絕。這或許是那時他對鐵路的認識不夠，或許是顧慮到英人會因此將勢力範圍擴大。到同治十三年（一八七四年）英人修建淞滬鐵路，但因一般民眾迷信風水的關係，上海道下令停築鐵路，英國公使要李鴻章出面協調，最後由清廷出錢買回掘毀。

此後郭嵩燾、曾紀澤相繼出使英國，回來後都大力陳述鐵路之便，而且劉銘傳也力主修築鐵路，李鴻章便開始不斷上奏談論「興建鐵路之利」。他不但自己上奏，並函請恭親王、醇親王等「請襄助鐵路大計」，且要求贊同自強運動的各官員也上奏請求興建鐵路。但是因為反對力量相當大，清廷雖在同治十年（一八七一年）設立鐵路局，但鐵路的鋪設仍相當緩慢。到了光緒十七年（一八九一年）因北京的庇護，李鴻章也只有眼睜睜地看著天津道把天津到唐山之間已建好的鐵路及鐵橋全部拆除，而無法阻止。直到清末，鐵路的主要幹線才算大體完成，但為此努力的李鴻章已無法看見了。

北洋艦隊的建立，是李鴻章在自強運動中最重要的措施。清廷的海軍分為南洋、北洋，其中以北洋為主，加上中法馬江海戰，南洋海軍幾乎全軍覆沒，從此更是一蹶不振，所以當時海軍的主力是北洋海軍。光緒十一年（一八八五年）南、北洋的海軍預算各為二百萬，但北洋海軍實收到的不過六十萬，南洋則更少。但李鴻章仍以重金聘請英人琅威理前來訓練北洋海軍，並向德國訂購了定遠、鎮遠、濟遠等艦。所以當第二年李鴻章在檢閱南北洋海軍會操時，得意自豪地作了一首詩：

雕弓玉節出天關，士女如山擁繡裳，

昭海旌旗搖電影，切雲戈槊耀榮光，
傾飛禁旅嚴千帳，羅拜夷酋列幾行。

光緒十三年（一八八七年）底，李鴻章又向德國購買了經遠、致遠、靖遠、來遠四艘軍艦，並在第二年正式成立了北洋艦隊，以丁汝昌爲海軍提督，林泰曾爲右翼總兵，劉步蟾爲左翼總兵，大小軍艦共有二十餘艘。這時是北洋艦隊最巔峰的時期，此後就因海軍經費被挪去修建慈禧太后的頤和園，而未再增購船艦。而且軍紀日益敗壞，丁汝昌不懂海軍，劉步蟾吸食鴉片。

至於英籍教練琅威理因受中國人脅制，根本無法指揮控制各艦。當時一位外籍海員寫信給《字林西報》說：

「中國海軍官員覺得自己已能指揮駕駛北洋各艦，於是漸漸不服琅威理及外籍顧問的指揮，時常發生衝突。但實際上中國海員毫無紀律，若以中國軍官擔任指揮，則將使艦隊無用。一旦出事，只可在深港躲避而不敢出大洋應戰。」

光緒十六年（一八九〇年）四月，北洋各艦在香港修理，丁汝昌有事下船，劉步蟾便下令降下提督旗而改升總兵旗。

琅威理認為他本身應和丁汝昌平行，他未下船就仍該升提督旗，所以責備劉步蟾擅自下令降旗，但劉步蟾不聽。

北洋艦隊回到威海衛後，丁汝昌、琅威理到天津謁見李鴻章，並談及劉步蟾擅自下旗之事；但李鴻章不以為劉步蟾犯錯，琅威理一氣之下乃請求辭職。李鴻章認為這麼多年來，中國軍官應已學會指揮駕駛北洋各艦，便允許琅威理辭職。可是當中日甲午戰爭時，北洋海軍眞的只能躲避在深水港中，一出大洋應戰便被打得七零八落。後來李鴻章到英國時，曾去拜訪琅威理並向他認錯道歉，請他再回到中國重新訓練海軍，但一切都已晚了，直到清朝滅亡，北洋艦隊都無法再重建起來。

自強運動的失敗及原因

李鴻章雖然創設了各種新的措施及事業，但他最終的目的還是在求中國強大，所以自強運動中一切的措施都直接、間接地以軍事為主。在直接的軍事建設上，如成立江南、天津等機器製造局，目的在製造軍器；購船、設立電報局及鐵路的建築，是為了配合近代化的軍隊、裝備及行動；設立武備學堂及派遣留學生，是為了培養訓練技術人才去運用及製造新式的武器。在間接方面，要使軍隊近代化必須有龐大的預算，於是要振興實業、廣開財源，因此辦招商局來經營沿江沿海的運輸；創立織布、紡紗、製呢、造紙、造火柴等廠，來和外國產品爭取市場，開發煤礦、金礦來增加收入。

自強運動雖一切都以軍事武力強大為前提，但李鴻章又無法認識軍事武力的強大必須以完善的政治、教育及制度作為根本。因此，自強運動成為表面上模仿西法，而實際上卻無法落實改革，後來梁啟超便以此批評李鴻章「知有兵事而不知有民政；知有外交而不知有內務；知有朝廷而不知有國民；知有洋務而不知有國務」。

可是後來康梁變法時，李鴻章卻曾對人說：

「我不如康有為，對各種制度的廢立，我想了數十年都無法做到，而他竟能做到，我為此深感慚愧。」

可見李鴻章或許並非完全不知民政、內務，而是有所顧忌，不敢改革吧！

自強運動既然從咸豐十一年（一八六一年）就已開始，到光緒二十年（一八九四年）已實行了三十多年。當時日本前來挑釁，國內一般士大夫雖然眼見日本日漸強大，但仍無法改變長久以來的輕視心理，所以都想以日本來試試自強運動的結果如何，看是否眞能使中國船堅砲利。而西方各國對東方中日兩國施行自強運動及明治維新的結果也很好奇，所以紛紛預測誰贏誰輸。一般都認爲中國北洋海軍軍紀散漫，無法敵過軍紀嚴格的日本海軍，但如果陸軍相遇，則仍須苦戰方能見分曉。誰知道正式交兵後，中國不論在海上或陸上都被日本打得潰不成軍，節節敗退。中國的戰敗，不僅是軍事上的失敗，也代表以「軍事武力」爲中心的自強運動已完全失敗。有識之士也進一步知道中國的改革必須從根本做起，因而激起後來的戊戌變法及國民革命。

自強運動的失敗，表示李鴻章這三十年來所推行的各種新政失敗；這些新政失敗的原因，大致可分兩方面來說。一是新政本身的缺失，其中又可分爲幾點：

一、總理衙門雖然名爲新政中心，但卻一直無法提出一套通盤的建設計畫，完全是以每個主事者個人爲中心，而各主事者門戶之見又太深，可稱是「人爲事在，人不爲事不在」。如左宗棠主張造船，李鴻章反對造船主張購船。左宗棠在閩浙總督任內於福州建造船廠，但等他帶兵到西北去作戰後，這座造船廠立刻停頓，甚至有人提議要廢除這座造船廠。後來雖勉強維持，但修船都成問題，還談什麼造船？

二、各種新企業不但毫無企業精神，反而有官場惡習。以招商局爲例，不但船式陳舊，而且僱用的人員，較外國經營的公司多出三倍以上。招商局董事又利用職權裝運私貨，碼頭停泊開船的時間也沒有限制，購買原料也任洋商圖利，眞正工作人員如船長、大副、二副都由外國人擔任，薪水較其他公司高出二、三倍，燒煤浪費，管理不當，還要支應官差，送往迎來。

三、無法任用賢能。各項新政的實際負責人，以雜佐出身者居多。這些人原來不學無術，後來因為在上海、香港一帶接觸到一些外國事物，看了一些翻譯書籍，再運用一點官場上賄賂買通、逢迎拍馬的手段，就謀取到一官半職。這樣的人上任後，當然盡其所能地中飽私囊。如上海製造局的總辦，一開始一個月的月薪僅有一百兩，後來增加到一千二百兩（是清廷一品大員正薪的四倍）。提高薪資的目的是要抑止貪污，可是薪水加高後，貪污風氣反而更甚。而眞正對西洋新知有認識者如容閎、郭嵩燾等卻始終未被重用。

另一方面失敗的原因在於反對的阻力太大：

一、士大夫守舊的觀念。當時任何一件新措施的提出，都必然遭到守舊士大夫的大力反對，他們反對的立論，在現在看來雖然覺得可笑，但在當時卻是一股強有力的風潮。他們不但反對仿效西法的新政，就連李經邁學習英文，也有人寫信勸李鴻章不可如此。主張自強改革的人常受到排擠與輕視，如出使英國的郭嵩燾，他在歐洲曾努力研究西洋的政治、經濟、法律、教育，回國後主張不但要學習西洋的船堅砲利，也要學習西洋的政治制度。誰知道這些主張卻引起全國士大夫的謾罵，連他的家鄉湖南都有「湖南人至恥與爲伍」的說法。最後郭嵩燾只有隱居鄉間，從事著作，含恨而終。再如駐英大使曾紀澤的遭遇也大同小異，最後也是抑鬱而終。由於這些反對的浪潮，不但使新政處處受阻，且使一般人甚至不敢表示贊成新政。李鴻章在此卻表現出大無畏的精神，當有人勸他不要提倡洋務以免遭到毀謗時，李鴻章卻說：

「今日喜談洋務是聖之時者，如果人人都因怕被毀謗而不談洋務，最後終將誤國。你等已經不談，如果我再不說，那天下將賴什麼繼續支持下去呢？」

二、民衆的迷信。當時大部分的民衆非常保守頑固，尤其對陰陽五行的迷信程度更是根深柢固。如吳淞鐵路、唐津鐵路都是建好之後，又因民衆的反對而拆除。另外電線桿的埋設，也常遭到砍伐，認爲埋電桿、裝電線都會影響風水。如果電線桿埋在某家田裡，就被認爲是「平地生疔」，埋在門前則被認爲是「暗箭傷人」，將電線桿埋在地下又被認爲會影響地脈，所以一般民衆都偷偷把電線、電桿砍倒拔掉，這些不配合的舉動，也使新政的推行受到很大的阻礙。

三、當政者不能完全支持。清朝的政治制度仍是完全的君權政治，太后和皇帝說的話便是聖旨，政府與百姓必須絕對服從。所以李鴻章雖在表面上掌有大權，但仍須事事得到朝廷的批准才能實施。要改革要建設就必須要有經費，但當時中央政府年年入不敷出，所以要求中央撥款根本不可能，推行新政者必須自己籌措經費。如果像李鴻章建海軍，費用太大無法完全籌措，便須奏請各省協助，臨時挪湊；可是如果遇上朝廷有大事，各地方官必須進獻金銀，就常把建設的經費獻給朝廷。例如當慈禧太后要修頤和園時，就想到要李鴻章出錢，李鴻章只好忍痛將海軍經費移作重修頤和園之用。所以從北洋艦隊正式成立到甲午戰爭爆發之間六年，中國海軍沒再添購過一艘新艦。

中國海軍除了沒有新船外，大砲也沒有彈藥。在戰爭爆發前兩年，李鴻章曾下令購買彈藥，但他的女婿張佩綸當時主持軍需，認爲耗費巨款買這些彈藥儲藏實在不合算，所以反對購買。結果等到戰爭爆發後，各國爲了表示中立，都不願意出售彈藥，使軍艦上的大砲無彈藥可用，成爲黃海海戰大敗的原因之一。由此可知，當時各種新政的經費來源及運用都困難重重，再加上貪污風氣盛行，使許多新政因缺錢而無法確實推行，而在七折八扣下完成，效果自然就減低了許多。

甲午戰爭後，許多反對自強運動的守舊派，便高倡西化運動失敗，根本不可以西化來自強。他們不知道這一切並非西化之罪，沒有徹底有效地實行西化才是眞正失敗的原因。所以當光緒二十二年（一八九六年）李鴻章遊歷歐美各國前，就有報紙評論：「如果李鴻章在三十年前出國考察以知天下大勢，則影響必大。」但在當時客觀不利改革的環境之下，李鴻章提前三十年知曉天下大勢也不一定有益於中國；也許他會像郭嵩燾、曾紀澤一樣，被排擠得毫無立足之處，更別談自強改革了。

生平師友

人的一生中必定會接觸、結識、怨懟、相交到無數的人，這些人也許過眼即忘，但也可能影響改變彼此的一生。在李鴻章豐富的一生中，他四周的人也占著相當重要的地位。有提拔賞識他的老師曾國藩；有相互競爭、彼此刺激的左宗棠；有一心支持他主持洋務的恭親王奕訢；有主宰當時一切的慈禧太后；有他一手提拔，雖背叛他，卻成爲接班人的袁世凱。這些人和中國近代史上最令人矚目的李鴻章互相影響，交織成他多采多姿的一生。

曾國藩

李鴻章在二十一歲留下豪氣萬千的詩句：「倘無駟馬高車日，誓不重回故里中」

後，來到北京求取功名。他的父親把他託付給自己的同年好友曾國藩，要他跟隨曾國藩讀書。曾國藩爲湖南湘鄉人，長李鴻章十一歲，最受人敬重的地方在於他自身的修養功夫。他每天都自訂嚴格的功課；每日作文若干篇，習字若干篇，讀書若干卷，每一門功課都逐日筆記，又每天記日記，這本日記一直延續到他死前一天爲止。

當曾國藩成立湘軍攻打太平軍立下戰功後，他就像一棵中心大樹般，招集提拔從各地而來的英雄豪傑。李鴻章也在這時回到老師的蔭覆之下。曾國藩原先就很喜歡李鴻章的聰明機靈，又經過在湘軍幕府中的多年磨練，更將他視爲左右手。後來援救上海時，曾國藩更輔助李鴻章成立一支屬於自己的軍隊——淮軍。從此李鴻章不但自己開創了一番天地，還替老師收拾了兩次爛攤子——剿滅捻匪和天津教案。也由於李鴻章這兩次的成功，使清廷對他的重視一躍而在曾國藩之上；但李鴻章對曾國藩的尊敬卻始終沒有改變。

當同治十年（一八七一年）曾國藩以腦充血暴卒在兩江總督任內時，李鴻章寫了一副輓聯：

師事三十年，薪盡火傳，築室忝為門生長

威名震九萬，內安外攘，曠世難逢天下才

並且寫信安慰曾國藩的長子曾紀澤說：

「我可說是各門人中受知最早、最深、也最親切的一位，所以我反而不方便再向朝廷乞求給老師更高的恩典，以避免結黨營私的嫌疑。」

這都表示他自認是曾國藩的接班人。在曾國藩死後，李鴻章和曾家仍一直保持親密的關係，後來甚至結爲兒女親家。他也爲曾紀澤受到排擠而力薦他出使英國，但以曾家正直傳家的個性，曾國荃及曾紀澤最後仍無法一展長才，抑鬱而死。

李鴻章雖自視爲曾國藩的傳人，但他的一切做人處事爲官原則，都和曾國藩有很大的差距。曾國藩曾半開玩笑地批評李鴻章「不能共患難」、「拚命做官」、「絕對不得罪任何大人物」。李鴻章這種做官原則使他穩握大權三十年而不倒，也使他耗費無數經費的建設沒有效果，三十年的自強運動沒有應有的功效。如果李鴻章能從他老師學到更多的「道德」與踏實，那中國近代史將會改寫。

左宗棠

當李鴻章第二次進入湘軍幕府工作時，左宗棠已立下不少戰功，正式升爲「四品京堂」，後來李鴻章救援上海，左宗棠進攻浙江，都成爲當時湘軍的主力軍。左宗棠是湖南湘陰人，長李鴻章十歲，雖然他的學問才識都高人一等，但早年因考運不佳，始終沒考上進士，直到加入湘軍後，受到曾國藩的重用才大展長才。雖然左宗棠、李鴻章同爲湘軍大本營中兩員大將，但性格上卻恰恰相反，左宗棠刻薄寡恩、嚴肅奉法、剛正偏激，容易得罪人；李鴻章則始終縱容包庇部下貪污，而自己更是當時送紅包手筆最大的一位。因此兩人從攻打太平天國時就開始針鋒相對，互不救援，李鴻章爲此更批評左宗棠「凶暴蠻橫」。

後來共同追剿捻匪時，兩人更表現出相當差的風度。左宗棠在直隸中部追剿，李鴻章不肯幫忙。後來李鴻章滅了捻匪，左宗棠竟因此大怒不肯撤兵。兩人的爭執幾乎無所不在，左宗棠主張造船，李鴻章主張購艦；左宗棠彈劾袁三甲，李鴻章支持袁三甲；左宗棠主張西征，李鴻章則反對西征；左宗棠辛苦收復新疆，李鴻章主張放棄伊犁；左宗棠嚴禁鴉片，李鴻章不但主張鴉片開禁而且自己吸食，尤其喜歡以鴉片送禮。這兩位競爭者的爭執一直到光緒十年（一八八四年）左宗棠去世才結束。

在歷史上一般對左宗棠軍事上所建立的奇功是肯定的，但對李鴻章的一生，除了攻打太平軍及捻匪之外，其他一切軍事、外交、內政上的作爲都是毀譽參半。當時也屬湘軍的兩江總督劉坤一，在伊犂條約簽訂後，對二人主張作爲的優劣，做了一個評論。話語中雖有譏諷之意，但卻頗發人深省。他說左宗棠雖收復新疆，但是否能戰勝俄國卻未可預料。大家都將左宗棠比喻爲司馬光（司馬光在宋朝時爲舊黨領袖，正人君子多半支持他，但他上任後面對變局，卻提不出有效辦法，故被稱爲「人參當歸」——只能補氣，對大病無效），以當時的情勢，左宗棠如果眞能輔助，是否能有非常的策畫，奠下不毀的基業，外攘內安，以達到朝野各方對他的冀望，那還是未可知之數。至於李鴻章，自從平定太平天國及捻匪之後，所屬的軍隊分駐在南北各地，每年光是薪餉就花去幾千萬，而新購的機器輪船槍砲還不包括在內。如此養精蓄銳，倘若遇到敵人還不能一決生死，那就連賈似道（宋理宗時宰相，主張向元稱臣乞和）都不如了。

劉坤一說得不錯，以左宗棠正直偏激的個性，根本無法在當時的北京立足，更別說要周旋在列強之間。而李鴻章在甲午戰爭時敗給日本，簽下割地賠款的馬關條約，無論戰爭失敗的原因有多少，李鴻章都難辭其咎。

奕訢

當李鴻章出任直隸總督兼北洋大臣掌握大權時，他的一切主張，在朝中始終有一位大力的支持者，就是恭親王奕訢。奕訢是咸豐的六弟，當英法聯軍攻入北京，咸豐逃到熱河時，奕訢留在北京爲便宜行事的全權大臣。當年他二十八歲，毫無新知且盲目排外，可是他聰明靈敏而且一心爲國，所以經過和英法直接交涉後，他明瞭到西洋人的強盛是值得模仿的，而中西雙方也可以透過外交和平相處。從此後他一直主和不主戰，並積極推展洋務運動，以求國家的強大。咸豐帝死後，奕訢協助慈禧登上垂簾聽政的大座，所以當慈禧太后開始掌權時，對奕訢最爲信任、倚重。也因爲奕訢主張用漢人，因此湘、淮軍各將領才能一轉而爲封疆大員。

當李鴻章開始辦理洋務時，他一再主和，又積極推行各種自強運動的作法，都和奕訢的主張相同。所以李鴻章的一些上奏建議，多能得到奕訢的大力支持，使他能順利推廣各種自強運動，並與各國簽訂條約。只可惜因宮中權勢的鬥爭，恭親王因功高震主，遭到猜忌而逐漸失勢，終於在光緒十年（一八八四年）去位。這時李鴻章仍深得慈禧太后的信任及外國人的推崇，而握有極大的權勢。光緒二十二年（一八九六年），李鴻章要出使俄國簽定密約之前，老恭親王曾極力反對，但孤掌難鳴，無力扭轉當時朝野一意聯俄的決心。所以當中俄密約送至北京時，奕訢拒不收視，並叫門人傳話說，不必呈給他看了。

慈禧太后

李鴻章處於君主專政的時代，君主本應握有一切大權。但是從咸豐帝死後，同治、光緒兩位皇帝都以幼童即位，所以一切大權都在慈禧太后手上。慈禧太后雖然也希望中國強大，一遇大事便向諸王哭訴：「希望大清帝國的基業，不要從我和幼小皇帝的手中丟掉。」可是因爲她沒有知識、沒有遠見，而且四周都是些宦官小人，所以很多決策都一錯再錯。

由於李鴻章善用權術，所以自從他當了直隸總督後，就很得慈禧太后的信任。李鴻章一方面常賄賂慈禧太后身邊的人，所以如太監李蓮英等人，都爲他說好話。另一方面則利用和外國人交涉的機會，盡量表現出大權在握的樣子。所以各國常指名非要李鴻章出馬才肯談判，使慈禧太后認爲外國人看重李鴻章，而更加對他信任重用。

後來光緒親政，因受到老師翁同龢的影響，所以想除掉李鴻章的職權，但都被慈禧太后阻止。甲午戰爭之前，光緒帝一意決戰，想要怪罪李鴻章，但慈禧太后卻責備光緒帝說：「無鴻章，無清朝。」

這才保住了李鴻章的權位。

戰敗後李鴻章喪失實權，所以慫恿俄人買通李蓮英讓慈禧命他出使俄國，風風光光地遊歷了歐美各國。戊戌政變後，李鴻章又運用手段從慈禧那漸漸得到實權，最後外放爲兩廣總督。八國聯軍之役時，李鴻章更奉詔北上以生命最後的餘燼，簽下了保全慈禧太后地位的辛丑和約。所以慈禧太后在他死後極力封賞，哀榮甚至超過了曾國藩。

袁世凱

李鴻章一生中除了淮軍各將領外，最大力提拔的人有兩位，一位是他的女婿張佩綸，另一位就是袁世凱。張佩綸在中法馬江海戰中一敗塗地，從此沒有翻身的機會。袁世凱的叔父袁三甲早年曾和李鴻章的父親一同在安徽辦團練，攻打太平軍。後來袁三甲因督辦糧台被左宗棠彈劾，李鴻章也曾大力支持。光緒八年（一八八二年），朝鮮因宮中爭權而向中國請援，李鴻章派吳長慶率部隊七千人抵達朝鮮，其中袁世凱也以營務官員身分前往。後來朝鮮請求派人幫辦交涉練兵，吳長慶便派袁世凱去訓練韓軍。當朝鮮宮中政變時，袁世凱表現十分果決，吳長慶回國後便向李鴻章推薦袁世凱，他說：

「你常說張佩綸爲天下奇才，以我看來，不是張佩綸，而是袁世凱。」

光緒十一年（一八八五年），李鴻章推薦袁世凱爲駐朝鮮委員，從此袁世凱便成爲朝鮮的太上皇。雖然李鴻章稱袁世凱是「朝鮮君民，深爲敬佩」，但事實上，袁世凱獨斷橫行並虐待朝鮮人民，深爲朝鮮君民及各國駐朝鮮大使所厭惡。所以後來有人說中日在朝鮮發生衝突，是由袁世凱的挑釁而起，但中日戰爭爆發前李鴻章已將袁世凱調回，所以他並未參加甲午戰爭。

中國戰敗後李鴻章失勢，袁世凱這時不顧李鴻章知遇提拔之恩，立刻倒向當權的翁同龢。翁同龢爲左宗棠死後李鴻章的死對頭，兩人各持己見常常誤國。袁世凱曾爲翁同龢要升協辦大學士，而來遊說李鴻章退休，李鴻章爲此事非常憤怒。當李鴻章從歐美回國後，特別到袁世凱訓練新軍的天津小站，觀看練兵的情形，並罵道：

「呸！小孩子，你懂得什麼練兵，又會和外國人訂什麼合同，我治兵數十年，現在還不敢自信有什麼把握，兵哪是這麼容易練的，難道僱幾個洋人，扛上一桿洋槍，念幾聲橫士福斯，便算是西式軍隊嗎？」

把袁世凱罵得面紅耳赤又無法辯駁。

但是當李鴻章臨死時，眼見一般大臣無人能任大事，只有放棄前嫌，推薦袁世凱代替自己為直隸總督兼北洋大臣，而當時中外輿論也一致認為袁世凱就是李鴻章的接棒人。只是袁世凱較李鴻章更不實在、更投機。從曾國藩到李鴻章，從李鴻章到袁世凱，每下愈況，從此也可看出大清帝國正一步一步走向滅亡。

六、日暮途窮

官場冷暖

光緒二十一年（一八九五年），李鴻章簽訂馬關條約後由日本回國，國內輿論將所有責任都推到李鴻章頭上，全國上下皆視李鴻章父子爲賣國賊，翰林院大學士也聯名彈劾李鴻章。光緒帝對李鴻章更是不滿，當李鴻章到北京晉見時，光緒帝嚴厲責問他：「賠款從哪兒來？怎樣籌措？送台灣於人，失民心，傷國體。」李鴻章也因此丟掉任職二十五年之久的直隸總督兼北洋大臣，改由圓滑的王文韶出任。李則「入閣辦事」，其實是打入冷宮，當個閒差。這些變化使得這位仍寓居在北京賢良寺，曾集寵信於一身的七十三歲老翁，嘗盡人間冷暖。就連一些市井販夫也以嘲笑李鴻章爲能事。如戲子劉趕三，平常就常嘲諷李鴻章。有一次劉趕三演《紅鸞喜》這齣戲的乞丐頭，演到要移交替人時，擲掉帽子上所插的草把，口中說著：「拔去三眼花翎。」又脫掉乞丐衣說：「剝去黃馬褂。」正好這時李鴻章一位姪兒坐在那看戲，一怒之下，命人把劉趕三送到官府去打了好幾十棍杖，劉趕三受了這場驚嚇，沒多久便死了。

面對這一切的排擠及嘲諷，李鴻章當然鬱鬱寡歡，他終日閒住在賢良寺中，很少見客，顯得門庭十分冷落，所以自己感嘆地說：

「我少年科第，壯年戎馬，中年封疆，晚年洋務，一路扶搖直上，遭遇雖然很幸運，但自問沒有任何不小心謹慎而自取敗亡的地方。誰知道無緣無故發生了中日問題，使得一生事業都被掃盡無餘。」

在這種情形下，一些原先依靠李鴻章的門生故吏，都紛紛叛離，其中做得最明顯的就是袁世凱。袁世凱早先受李鴻章知遇，才能在到朝鮮後漸露頭角。當甲午戰敗後，恭親王曾問李鴻章說：

「有人說這次中、日兩國發生糾紛，都是因袁世凱煽動而引起，你的意見如何？」

李鴻章還一肩替袁世凱擔下說：

「事情都已過去了，不必再追究。橫豎全都是我李鴻章一個人的錯就是了。」

誰知道袁世凱非但不感激，反而一看情勢不對，立刻倒向當權的翁同龢與李鴻藻。有一天袁世凱受了翁同龢的指示來賢良寺探望李鴻章，勸李鴻章暫時告老歸鄉，並說：

「您老先回故鄉，朝廷一旦有事，必定會再度召用您，這樣才能顯出您的名聲與價値。」

李鴻章沒等他把話說完，便大聲斥責他說：

「算了，算了，你是來替翁同龢說話的。他想要做協辦大學士，又無缺可補，所以要擠掉我離職出缺，他就可以依次升補。你回去告訴他，教他休想，旁人要是開缺，他得了協辦大學士的職位，不干我的事，他想補我的缺萬萬不可能。諸葛武侯說的『鞠躬盡瘁，死而後已』這兩句話我還配得上。我一息尙存，絕不無故告退，也絕不奏請開缺。」

袁世凱被罵了一頓後，只好無趣地告退。

不論多少人勸他，形勢多麼不利，李鴻章始終堅守崗位，絕口不言退休之事，每天準時到總理衙門上班，到年底，事情終於出現了轉機。當俄國出面干涉還遼時，就和李鴻章私下講好了條件，誰知道後來因李鴻章回國後失去權勢，入閣閒居，使俄國人的希望完全落空，得不到原先談妥的好處。於是俄國大使就以俄皇加冕爲理由，賄賂買通了慈禧太后的跟班李蓮英，改派李鴻章爲赴俄祝賀的欽差大臣，並全權辦理對俄國出面干涉還遼的報酬事宜。

扶柩出使

光緒二十二年（一八九六年）初，李鴻章又風風光光地準備出使俄國，並到英、法、德、美各國親遞滿漢文的國書。李鴻章對這次重新被重用，又能遊歷世界各國感到非常高興。當一月二十一日李鴻章離開北京時，親朋好友在東便門爲他大肆餞別，當時塵沙飛揚，送行的人都吃不下去，只有李鴻章一個人大快朵頤，並高談闊論：

「我每次出門遠行不是狂風就是暴雨，就是走海路也總是遇上驚濤駭浪。」

衆人都附和說：

「大人豐功偉業，所以連雨師風伯這些神靈也都來餞行。」

二十二日李鴻章抵達天津，淮軍公所及各界也在戈登紀念堂舉行宴會，大家對李鴻章這次的西方之行都十分矚目。一月三十日，李鴻章乘招商局海晏輪抵達上海，中西軍艦都鳴禮砲致敬。法、德、奧、美各國皆請李鴻章訪問該國，加拿大也請他搭乘加拿大的輪船前往，這時李鴻章所受的禮遇，和半年前在北京的冷落，眞是不可同日而語。二月十四日，李鴻章先乘法國郵輪愛納西蒙號放洋，再由俄國派船到埃及塞得港接換經黑海赴莫斯科。在亞洲方面雖然途經香港、西貢、新加坡等地，但都沒有登岸參加活動。

三月十五日，李鴻章乘俄國輪船露西亞號抵達敖得薩，俄國陸軍元帥偕同文武官員列隊歡迎。這時西方各國都在揣測這次李鴻章到俄國，必定會簽訂中俄密約，同意俄國修築西伯利亞鐵道，並視李鴻章為一個大主顧，於是紛紛向他表示歡迎。三月十八日李鴻章到達聖彼得堡後，受到俄國有預謀的隆重歡迎及禮遇。到了四月二十二日，李鴻章就在俄國的全面操縱下，很得意地簽下中俄密約，隨即離開俄國，繼續他一連串新鮮有趣的歐美之旅。

五月三日李鴻章抵達德國柏林，次日謁見德皇，表達清廷感謝德國干涉還遼之事。德國為李鴻章舉行了盛大的歡迎會，並安排他參觀各地的兵工廠及軍事演習，希望他能訂購軍火。可是李鴻章因權柄已失，沒有購買的意思，使德商感到非常失望。

十七日李鴻章前去拜會他素來景仰的德國前首相俾斯麥，當時有些西方人喜歡將李鴻章比喻為東方的俾斯麥，而李鴻章也為此沾沾自喜。當東西俾斯麥一同進餐時，李鴻章向俾斯麥詢問如何使中國自強。俾斯麥回答說：

「練兵立國，首先要得到一位賢明君主的信任。」

李鴻章說：

「我也算位極人臣，僥倖做到樞要，只可恨那些在皇上、太后身邊的人狐假虎威，我又不得不應付他們，所以才耽誤了大事！」

隨後兩人又談起生平的功績，李鴻章以平太平天國起家，誰知道俾斯麥卻說：

「我們歐洲人以能擊敗不同種族的敵人爲有功，而不將只爲保全一姓而殘殺同一種族的人當作偉人。」

李鴻章又詢問：

「如何得到國君的信任？」

俾斯麥笑道：

「唉！和婦人女子一同共事，又會有什麼結果呢！」

李鴻章默然無話可對。

餐後兩位老相國還一同合影留念，李鴻章對能親見俾斯麥感到很得意。回國後仍常常向人提起。其實俾氏也已被擠下台，兩個白頭首相見面，頗有不勝唏噓之感。

五月二十五日李鴻章到了荷蘭海牙，荷蘭女皇爲他舉行國宴，並邀請他觀賞芭蕾舞及歌劇。李鴻章對這「珠喉玉貌，並世無倫」的歌舞非常欣賞，並即席作了一首詩，將此稱爲人間天堂。

出入承明四十年，忽來海外地行仙；
華筵盛會娛絲竹，千歲燈花喜報傳。

過了幾天，李鴻章又去遊覽阿姆斯特丹，對於濱海地區的排水及防波工程極爲詳細地詢問，並不時表現出驚訝與讚嘆。晚上欣賞幻燈電影，李鴻章表示絕不相信天下竟有如此奇妙的事，後來親身試放之後才相信，但仍不停地表示驚訝。五月二十九日，李鴻章由荷蘭轉抵比利時見比利時王。

六月四日李鴻章抵達法國巴黎，法國各界盛大歡迎，李鴻章謁見法國總統感謝法國干涉還遼，而法總統也以國宴招待他。隨後又到藝術劇院觀賞歌劇、參觀植物院，並和法農業部長商談在中國建立農校的有關事宜。且對記者公開談話，堅決否認中俄密約；且爲感謝干涉還遼，將以比價的方式，向法、德訂購貨物。

二十三日，李鴻章渡過英倫海峽抵達倫敦，首先會晤英國名首相沙里斯堡，參觀上下議院。沙里斯堡想談論有關訂貨的事，但李鴻章一直顧左右而言他，不願對此表示意見。隨後又會晤了琅威理，坦白承認自己以前的錯誤，並請琅威理重新擬定計畫再建北洋海軍；但琅威理表示，即使擬定計畫清廷也不會施行。二十六日，李鴻章謁見維多利亞女皇，並赴朴資茅斯港檢閱英國海軍一百零七艘軍艦的大會操。李鴻章送給英國女皇繡花美錦，博古奇瓶及大痲姑像一尊。女皇以為痲姑即是王母娘娘，非常高興，所以回贈李鴻章輪椅兩具。其實就是一般醫院用的輪椅，但李鴻章認為是特製的，也非常高興。

其間李鴻章對記者舉行公開談話，他說：

「我本人對英國人能把香港治理得如此好，感到非常欽佩，我並不反對英國傳教士，但是希望傳教士與中國人和平相處，不要參與中國的政治活動。」

但私底下李鴻章對英國的宗教仍感到十分懷疑，他曾問英國達爾上校：

「人都是羨慕成功的，何以耶穌死在十字架上，仍能受人敬拜？」

達爾回答說：

「因為我們並不認為耶穌是位失敗者。」

此外李鴻章還對人說：

「英國人每次遇到重大事情，必定先做祈禱，在如此科學進步的國家，竟然每件事都要祈求於不可捉摸的空氣，實在令人不能瞭解。」

七月九日李鴻章拜會英國望廈公爵，因望廈公爵愛好打獵，就問李鴻章是否也有此嗜好，李鴻章面不改色地回答說：

「我的嗜好是殺叛黨。」

他的回答使在座的人都大吃一驚。七月十八日李鴻章準備離開英國，在臨別贈言時他說：

「希望重獲權位，能開發中國無限資源，以福利人類。」

七月二十一日，李鴻章乘坐英國淑女沙龍號豪華洋輪抵達紐約。這對美國來說，眞是大事一件，早在兩星期前美國政府就公布了接待李鴻章的時間表，並動員大批軍警人員來維護安全，連當時在度假的總統克里夫蘭也趕回紐約。二十一日當天，更有很多人在接近海港、碼頭的街頭露宿通宵，希望能一睹這位中國名人的風采。美國《世界新聞》社的一位女記者，對當天早上的情形有這樣的描述：

「在這個大喜的日子，天才剛亮，紐約市民就傾巢而出，湧向曼哈頓區的港口碼頭。大街上早已擠成幾道人牆，水泄不通，海港碼頭附近、高樓頂上，也都是萬頭攢動；窗口、樹上、路燈柱上、港內所有的船頂上擠滿了人，眞是人山人海！這是美國有史以來，民間自動熱烈歡迎外國嘉賓，最虔誠且破天荒的大場面，這情境使我激動得流了不少熱情愉快的眼淚。」

到了中午十二點，這位中國神祕人物、美國的特別貴賓李鴻章終於姍姍來到。他站在船板上，面露笑容，和藹可親，非常愉快地環視左右。當時中國駐美領事及訓練有素的華僑商民，對他行了一個九十度的鞠躬禮，美國人爲此舉動都笑成一團。李鴻章一行人，有隨員十八位，僕人二十二人，後面跟著三百件行李，另外還有金轎一頂，珍貴奇鳥八籠，其中有兩隻活潑可愛會說英語的奇種鸚鵡，以及中國雲南特產的長尾金雞。在三百多件行李中，除了衣物日用品外，還帶有酒、茶，及大量中國天山瓦罐泥封口的雪水及礦泉水，專供李鴻章個人燒茶飲用。另外還有中國皇宮特製的松花皮蛋，眞是千奇百怪，無法一一形容。除了這些以外，本來還有一口珍貴無比的棺木，但爲了對美國表示敬意，在離開英國倫敦時就將棺木先行運回。

行過一些見面的外交禮節後，李鴻章便乘坐金轎，頭蓋黃龍傘，由曼哈頓港住入華爾道夫旅舍二樓貴賓專用的臥室。隨後美國總統克里夫蘭、國會議員、政壇權威人士、名流名媛，及紐約州州長等一千多人，參加了爲李鴻章舉行的國宴。接著幾天是拜會活動，李鴻章謁見美國總統，拜訪西點軍校，會晤宗教領袖，並招待新聞記者。當結束一切拜會活動後，李鴻章在華爾道夫回請美國各界人士。宴會的場面令美國人大開眼界。宴席的內容完全是中國皇宮國宴的程序，這種御席，每席在當時的價值就超過一千美元，菜單的順序依照中國傳統「天干地支」而排列，菜的名稱更是一絕，例如：福如東海魚（紅燒魚）、壽比南山掌（紅燒絲掌），嫦娥餅（甜點心）、貂蟬如意湯、貴妃雞等。原先這些菜名在清代中國人民是不准使用的，但由李鴻章帶往國外後，至今世界各國的中國飯館都沿用了李鴻章所發明的這些菜名。

李鴻章對這次訪美，對當時中國的政治、外交雖沒有太大的影響，卻在紐約造成轟動，使美國政府對華僑的態度有很大的改善。七月二十九日李鴻章準備離開美國前往加拿大，由紐約第五街歡送的人群一直排到三十三街出口處。李鴻章訪問紐約的熱鬧場面應該是空前絕後的轟動，當時《紐約時報》這樣報導：

「在一般美國人心目中，皆一致尊崇李鴻章的形象就是活生生的孔夫子。」

由此我們也可看出，西方人是多麼不瞭解中國人與中國傳統的道德文化。

八月八日李鴻章在加拿大遊畢尼加拉大瀑布後，由溫哥華乘坐美國太平洋公司輪船準備返回國內，結束他爲期半年的世界之旅。當時西方輿論一致認爲，如果李鴻章早四十年出國訪問，對中國一定幫助不小，只可惜現在一切爲時已晚。但這次的旅行對李鴻章個人來說，只是極爲新奇、刺激和驕傲的經驗。

可怕的後遺症

八月二十七日李鴻章風光地返回天津，王文韶率領天津文武官員到碼頭迎接，李鴻章對這次出使俄國及遊歷歐美各國表示相當滿意，並告訴大家「今後可得二十年安全」。可是過了幾天李鴻章回到北京，一切都改觀了。

首先在九月十四日晉見光緒帝時，光緒帝明白表示對中俄密約的不滿。次日覲見慈禧太后；當時慈禧太后住在頤和園，為了清晨入覲方便，李鴻章在前晚便住進西直門外的善孫庵。覲見之後，回來時經過圓明園廢址，一時興起，便進去遊覽一番。當時圓明園正在重修，慈禧太后和光緒帝常親臨視察工程，所以列為禁地，但一般官員賄賂太監而去遊覽的，仍然很多。李鴻章剛從海外歸來，並未注意到這個禁令，所以當他進入圓明園遇到當值的宦官時，僅給宦官三兩銀錢。宦官為此很不高興，便向光緒帝報告李鴻章擅自進入禁地。結果同月十八日光緒告諭：

「李鴻章擅入圓明園禁地遊覽，殊於體制不合，交由刑部議處。」

原先有人建議將李鴻章革職處分，但後來改為罰俸一年，不准抵銷。雖然以李鴻章的富有，罰俸一年根本不算一回事，但由此可知他的身價已經跌停，且光緒帝亦有意要挫挫他的氣焰。

李鴻章在國外受到十分禮遇，回國後卻仍授命在總理各國衙門行走，並無任何實權。而各國也對李鴻章回國後未受重視，使他們盡力展示的各項西方文明未能發揮影響，大失所望。李鴻章回國後，雖受到各方故意的難堪，但他自己仍為他的出國沾沾自喜。十二月，他的隨員並編了一本《李傅相遊歷各國日記》，由李瀚章作序之後，由李家印好分贈親戚朋友。這時李家都認為李鴻章出使俄國對中國有很大的好處，也是李家無上的光榮。可是好景不長，俄國的真面目一天天地明朗，使清廷逐漸嘗到引狼入室的苦果，李鴻章也因此感到不安，所以立刻下令停止贈送《李傅相遊歷各國日記》，後來索性將版都毀去，不再續印。幸好當時李鴻章贈送了很多，我們今日才可以知道他詳細的行蹤。

俄國當初擔心馬關條約將遼東半島割讓給日本，使他們的利益受到威脅，所以發起三國干涉還遼。後來又以密約為餌，藉口防禦同盟，但實際目的是在修築中東鐵路聯絡西伯利亞鐵路。德國原先對干涉還遼索取的報酬僅止於在天津、漢口設立租界區，但一聽俄國在東北取得的築路權，於是德國也想取得一個海港或數個島嶼，來擴張在中國的勢力。光緒二十二年（一八九六年）十一月，德國駐北京大使公然地向總理衙門及李鴻章提起要租借膠州灣之事，李鴻章以怕各國都援例來租借港灣爲由而拒絕，但德國並不因此而死心。

當德皇威廉二世訪問俄國時，便詢問俄皇尼古拉二世，如果德國占領膠州灣，俄國是否表示同意。尼古拉二世表示極願德國占領，以免落入英國之手，於是德國人便藉曹州教案，在光緒二十三年（一八九七年）十月強行占領了膠州灣。清廷這時不敢抵抗，也無力抵抗，只好命李鴻章、翁同龢和德國簽下了膠州灣租界合同。當簽約之前，清廷以爲既然和俄國有同盟關係，所以希望俄國能出面干涉德國，誰知道這又使俄國有可乘之機。

十月二十二日，俄國海軍登陸旅順。清廷還命當地駐軍協助俄人，誰知他們沿途強暴殺掠，卻對外聲稱其目的一爲解決膠州灣事件，二爲度冬，三爲幫助中國防止他國占據。這時俄國財務大臣威特也派特使付給李鴻章簽訂中俄密約所議定的款項，並提出建南滿鐵路支線通向黃海的要求。李鴻章當然不會同意，但俄國方面態度強硬，表明非要旅順、大連不可，這使李鴻章的處境非常尷尬。他很生氣地告訴俄使說：

「我把你們放入外院，你們卻又想闖入內宅。」

到了光緒二十四年（一八九八年），李鴻章和張蔭桓終於和俄使簽下了旅順大連租約。據說簽下這份租約時，俄方記載曾賄賂李鴻章和張蔭桓各五十萬兩。至此，李鴻章及清廷各王公大臣都已看清俄國的眞正目的，「今後可得二十年安全」的美夢，也被殘酷地搖醒了。

光緒二十年（一八九四年）甲午戰爭時，當時提倡維新變法的康有爲聯合公車（舉人入京會試）數千人，上書請求變法。第二年馬關條約簽訂時，康有爲已考中進士，授官工部主事，他再度聯合各省應試的舉人數千名，準備上書奏請拒絕和談，遷都、變法，練兵抗日到底。可是還未上奏，和約便已批准。但康有爲仍一再上書，極力鼓吹變法，並在北京倡立強學會，開辦《萬國公報》，一時風氣大開，全國各地普遍設立學堂、學會、報館。許多名流仕紳紛紛加入，其中李鴻章的姪子、袁世凱、張之洞、曾紀澤的兒子、翁同龢的姪子、孫子也都參加了。

德國強租膠州灣後，各國紛紛強占租地；俄國租旅順大連、英國租威海衛、法國租廣州灣。列強欲瓜分中國的形勢愈來愈明顯，國內人心惶惶，光緒皇帝也深感維新變法的必要，他沉痛地說：「我不能爲亡國之君。」於是在光緒二十四年（一八九八年）四月二十三日下詔定國是，明示吏民，努力向上，發憤爲雄。這就是歷史所稱的「戊戌變法」。可惜好景不長，八月六日以慈禧太后爲首的舊黨發動政變成功，光緒被囚瀛台，慈禧重新聽政。

在事變發生之時，李鴻章雖被新黨視爲親慈禧太后的舊黨，可是他卻一直表現出中立的態度。政變成功後，慈禧太后的內姪榮祿總攬了一切大權。榮祿怕他搶了自己的權勢，對李鴻章並不歡迎，所以當慈禧太后想以李鴻章爲總理衙門首席大臣時，榮祿就以李鴻章聲名太壞，唯恐引起各國干涉而大力反對。雖然事實上，西方各國對李鴻章仍較其他清廷大臣要敬重些，但是李鴻章當時仍只掛了個文華殿大學士的空名號。

原先李鴻章回國後，仍然像以前一樣每天去總理衙門上班，這時李鴻章雖然已不像以前一樣總攬大權，但他仍非常辛勤地處理各種事務，梁啓超對李鴻章當時的生活這樣記載：

> 李鴻章之治事也，案無留牘，門無留賓。規模一仿曾文正，起居飲食有定，主紀律，嚴自治。中國人罕能及之。不論冬夏，五點鐘即起。臨摹蘭亭百字，不示人。每日飯後，必晝寢一小時，從不失時。總署時，欠伸一聲，即伸一足穿靴，一手穿袍，服侍人不許遲緩，養生一用西法，每膳供雙雞

汁，常上電氣。

李鴻章愈是努力準時上班，愈是遭同事相忌，終於在戊戌變法期間，光緒親自下令命他「毋庸在總理衙門行走」，甚至傳說康有爲建議將他遣送回籍。可是沒多久變法維新便告失敗，新黨的人逃的逃、死的死，而李鴻章卻仍留在北京等待機會。

終於在九月三十日，慈禧太后派他到山東履勘黃河工程。李鴻章聽到這份旨令眞是十分高興，十月十七日到達濟南，又乘機大賺了一筆。當時清廷各王公大臣都認爲江山將去，每個人都抱著能搜得一文便是一文的亡國念頭。如榮祿當政才短短三個月，就已聚資百萬；而李家在蕪湖各地的田產更是不計其數。李鴻章治理黃河一年並無顯著功效，到了第二年（光緒二十五年）十月二十二日，慈禧太后又派李鴻章爲商務大臣，前往各通商港埠考察商務。李鴻章爲此眞是喜出望外，可是還沒成行，更好的消息又跟著而來，慈禧太后改派李鴻章爲兩廣總督。

外放兩廣

李鴻章外放擔任兩廣總督是件皆大歡喜的事。對李鴻章而言，幾年來一直沒有實缺，治理黃河考察商務也都不是實職，所以一直想外放。再加上從變法到政變，他冷眼旁觀，知道新舊兩派的鬥爭，隨時都可能引起風暴，離開北京就可遠離這場「權后弱主」的爭權而不受牽連。

對慈禧太后而言，康梁變法維新雖然失敗，但保皇會在南方仍十分活躍，同時革命的聲勢也在逐漸滋長增大，隨時都會發動武裝革命。而康有爲、梁啓超及國父　孫中山先生等人又都是兩廣人士，所以慈禧太后希望能以李鴻章這位老臣，壓制住這兩股改革風潮。再加上李鴻章一再反對廢光緒帝改立幼主，也使慈禧太后感到十分討厭，不願他繼續留在京師。

就榮祿而言，榮祿很不喜歡慈禧太后對李鴻章太過親信。慈禧太后常召見李鴻章商討有關聯日的意見，因榮祿反對，所以慈禧太后就不讓榮祿知道，私下召見李鴻章，但卻更引起榮祿的不滿，而李鴻章又賄賂榮祿希望外放實職。所以榮祿向慈禧太后進言：

「康有爲、梁啓超都是廣東人，原來的兩廣總督譚鍾麟年紀太老了，李鴻章擅長交涉，請命令他代替譚鍾麟。」

就在這三方面配合下，慈禧太后在十一月十七日正式派令李鴻章爲兩廣總督。

李鴻章原先也是主張要持重忍耐、埋頭建設、變法自強的，但他的變法有別於康梁新黨的變法。他認為康梁全是一派「書生」之言，不切實際，而新黨之人更視他為腐朽官僚。兩方面表面上雖完全不能相容，但李鴻章對新黨還是給予無限的同情和恢宏的氣度。當他在京師無事時，曾告訴他人：

「康有為是我所比不上的，一些制度的廢除與創辦，是我幾十年來一直想做卻沒做到的，而他竟然能做到，我為此感到很慚愧。」

所以當十一月二十一日李鴻章要離開北京時，慈禧太后召見他，要他整頓稅收，練兵抗英、法，而最重要的就是要緝捕康有為，慈禧表示她對康梁新黨非常懼怕。

李鴻章說：

「他們都是些書院的學生，市井訟師之流，用不著怕。」

慈禧便問：

「那為何外國人都庇護他，和我為敵呢？」

李鴻章解釋說：

「那是因為外國人不懂我國國情，所以將他們視為貴賓一般招待。等外國人弄清楚實際情形後，一定會將他們趕出國門。」

慈禧太后聽了便生氣地說：

「有人說你也是康黨。」

李鴻章從容地說：

「有關廢立皇上，臣下不敢發表意見。但六部實在是可以廢除，如果舊法使國家富強，那中國很早以前就應強盛，何必等到今日再談變法自強？如果主張變法的人就被指為康黨，那我無法逃避，我就是主張變法的康黨。」

這番話使慈禧太后啞口無言。

李鴻章就這樣高高興興地穿戴著失而復得的三眼花翎，精神飽滿地帶著美國人白狄克、兒子李經邁，還有一些淮軍的舊屬，經唐山轉上海再到廣州上任。在路途中有一次李鴻章和幕僚閒談時諷刺地說：

「我奉了慈禧太后的旨意要捉拿康有為、梁啓超兩人。如果捕獲這兩人，我的功勞一定很大，甚至大過平定太平天國及捻匪，我又應該升官進爵了。」

說完後大笑問他的姪婿孫仲愚：

「你是不是康黨？」

「是。」

「不怕捉嗎？」

「不怕。」

李鴻章笑著說：

「我不能捉你，我也是康黨，在陛辭慈禧太后時，她也說有人彈劾我是康黨。」

這一行人到了廣州，當然捉不到康有爲。而北京卻發生了驚天動地的義和團及八國聯軍。李鴻章的命運因此又有了急劇的轉變。

廣州城在李鴻章眼中，不過巴掌大地方。李鴻章在兩廣總督任內，辦了些教案（這在一般地方官來說，是最頭痛的事，但對他而言卻不過癮）。另外，他嚴辦地方的土匪，一時倒也平靜多了。

李鴻章游刃有餘，又想在廣州開辦現代化的警察制度，因爲經費無著，他就想把廣州著名的賭局化暗爲明，拿這項收入來補貼警察。

不能禁絕的，不如開放，還能增加稅收，這是李鴻章一貫的想法，對鴉片、對賭博，他都是獨排衆議，主張開放。

後來他因爲拳亂猖獗而奉命北上，所以這項計畫終沒能實踐。

亡國慘禍

義和團起源於咸豐、同治年間的鄉團，已有數十年之久，組成分子原來都是些無知的鄉民，思想簡單，起初的目的僅希望藉著練習拳棍，能保護身家，並無他圖。以每年梅花季節亮拳（冬季農閒時約期聚會，比較拳勇），所以又稱梅花拳。光緒十三年（一八八七年）山東冠縣梨園屯發生教案，引起人民和教會的互相仇視，使梅花拳逐漸演變成仇教的團體，進而希望能消滅洋人。而在他們簡單的思想中，認為只要有「神」來相助，必定能將洋人全部消滅。這些「神」有些來自一般民眾所接觸的神怪及武俠小說，有些則將前朝的人物加以神格化。所以簡單地說，義和團起初僅是山東一帶，以村、鄉為單位公開的鄉團組織，目的在保衛個人家鄉，雖然思想信仰簡單且幼稚，但和一般祕密宗教及非法團體絕對有別。

可是由於無知地方官的包庇縱容，聲勢愈來愈大。光緒二十四年（一八九八年）戊戌政變後，慈禧太后對外國偏袒光緒、保護康梁新黨分子又恨又怕，極想報復。於是在這年九月，諭令北京附近直隸、山東、山西、奉天四個省興辦團練，守望相助。到光緒二十五年（一八九九年）二月又諭令各地充實並改良地方民團，從此義和團產生巨變，成為政府承認而鼓勵的合法團體，參加的人愈來愈多，分子也愈來愈雜，一些白蓮教、八卦教、大刀會也乘機滲入大肆活動。加上山東巡撫毓賢揣測慈禧太后的意思，暗中鼓勵拳團坐大，與教士教民為難，並向清廷證實拳民的神力。這時各國公使向清廷施壓力，把毓賢調回北京，以袁世凱為山東巡撫。袁世凱採用「暗施壓力，明不言剿」的策略，使拳民無法在山東活動，於是紛紛轉向北京政府所在的直隸省求發展。到光緒二十六年四月，拳民已完全變質；不但組成分子混雜，並在涿州、保定一帶拆鐵路，毀電線，官兵無法制止，局勢非常嚴重。各國公使一面向清廷施壓力，一面回國搬救兵。

到五月初，慈禧太后命大學士剛毅及刑部尚書趙舒翹前往保定一帶觀察，名為安撫解散，實則令二人驗看拳民的神術是否可靠。結果剛毅回來後力稱拳民的神術可信，是上天特別派來幫助中國消滅洋人的；趙舒翹為保眼前利祿，也盲目附和。慈禧太后更加確信義和團的神力，於是密召拳民入京，十餘天內，數萬拳民湧入北京，慈禧太后召見拳民首領，加以獎勵，從此親貴大臣爭相信從，任何人只要用紅布或黃巾一包頭，就成了義和團的拳民；這時的北京已成為瘋狂混亂的恐怖城市。

光緒皇帝此時雖然已經失勢，但仍率開明派的大臣痛哭力諫，視義和團為亂民，主張剿平，不可因此和各國輕啓戰端。但慈禧太后及輔國公載瀾、大學士剛毅爲首的守舊派大臣，卻極端相信義和團的神力，力主開戰，終於在五月二十四日慈禧下令圍攻使館，二十五日正式下詔對世界宣戰。

北京清政府對外宣戰後，便下令各省地方官吏誅殺外人。這時東南各省的地方官都紛紛向李鴻章詢問是否該遵循朝廷命令，李鴻章毅然覆電各地說：

「這是亂命，兩廣地方絕不奉詔。」

當時香港議政局議員何啓與革命黨人陳少白密謀，想藉著香港總督卜力（Blake）的介紹，勸李鴻章以廣東響應革命。陳少白並將這件事告訴旅居日本橫濱的孫中山先生，中山先生雖然不信李鴻章會有此魄力，但仍認爲此舉若能成功，也是中國的福氣，於是回信說不妨試一試。可是後來中山先生向同志報告時說，李鴻章尙無決心，而且他的幕僚還想乘機設陷阱誘捕中山先生，所以雙方並未見面。但單就李鴻章而言，他是不可能同意的，只是他對計畫自始至終都保持沉默，讓人誤會他是默許，也可見這位老總督的老謀深算了。

當北方的義和團和八國聯軍正打得激烈時，東南各地卻因李鴻章的意思「不奉詔命」，所以仍保持安寧。這時在上海的盛宣懷看大局非常不利，所以聯絡東南三大帥

——兩廣總督李鴻章，兩江總督劉坤一、湖廣總督張之洞，與上海各國領事在五月三十日簽訂東南互保條約，中外互保。這個條約的簽訂，非但使東南各省雞犬無驚，且使風雨飄搖的中國，免於瓜分的命運。

六月以後，各國已陸續派兵攻向天津，神拳和清軍無力抵抗。這時慈禧太后才想到李鴻章，命他速速返回北京，並叫他再做他曾做了二十五年，後因甲午戰敗才去職的直隸總督兼北洋大臣。李鴻章早就預料到最後只好找他來收拾殘局，所以當他在六月二十日離開廣州時曾自負地說：「捨我其誰也！」且他對當時的局勢仍相當有信心，他說：

「百足之蟲，死而不僵。我朝厚德，人心未失。京師難保，雖根本搖動，所幸袁世凱能支撐住山東，張之洞、劉坤一也一向很有定識，必定能聯絡保全上海，不致一蹶不振。」

可是提到又要求和賠款，他也不勝唏噓地說：

「各國必定先要求剿滅拳匪以示威，糾捕禍首以洩忿，之後就是索取兵費賠款。」

「至於賠款的數目我不能預料，唯今之計，只有極力與各國磋磨，展緩時間，還不知是否能做到？我還能活幾年呢？當一日和尚，撞一日鐘，鐘不鳴了，和尚亦死了。」

李鴻章說到這裡眼淚禁不住流了下來，由此我們好像可以看到一位年邁力衰的老臣，正在以生命最後的餘力，去面對這場驚天動地的變局。

六月二十六日李鴻章抵達上海，當時各國駐上海的領事都不希望他北上，認爲他應該留在廣州主持東南自保，而且英日政府也有意在兩廣長江成立一新政府，以分裂中國。另一方面，慈禧太后仍對義和團的神勇深信不疑，所以李鴻章就稱病不繼續前往北京，留在上海觀望情勢的變化。慈禧太后一再電詔李鴻章回北京，並授他爲全權大臣，可是李鴻章仍持觀望，假稱「冒暑腹疾」拖延不肯北上，並上奏：

「想要挽回危局，必須保護各國公使及剿滅義和團匪徒，如今都沒有辦到，即使有再好的口才也無法自圓其說，這實在不是我所能辦到的。」

七月二十日聯軍攻進北京，李蓮英催促慈禧太后逃亡，光緒帝原不願出亡，可是慈禧逼迫他一起走，於是太后、皇帝在慌忙中化裝成鄉民出奔宣化。這時在南方的劉坤一、張之洞認爲慈禧、光緒下落不明，於是密商推李鴻章爲總統，暫時維持大局，應付外交。李鴻章先後受到幾批人的遊說，自己也有些心動，就告訴劉坤一：

「我知道你們都不敢也不肯做這種要命的事，但如果對國家有利，我也不敢推辭。只等到太后、皇帝的下落一有消息，即奉還大政，仍遵守做臣子的本分。」

可是沒過兩天就收到袁世凱的報告，慈禧與光緒向西逃亡。因此李鴻章做總統的打算也告消滅。

慈禧太后不斷以電報催促李鴻章回到北京向各國求和，在詔命中並說：

「此行不僅維繫國家的安危，實也維繫宗廟的存亡；扭轉乾坤，不是別人所能勝任，希望你勉爲其難，一切厚望都寄託在你身上。」

這時李鴻章奏請加派他的老搭檔慶親王奕劻爲全權大臣，一同會商處理事宜。所以在八月二十日清廷諭令：

「授慶親王奕劻爲全權大臣，會同李鴻章妥善商討應對事宜行事。」

於是李鴻章在二十一日乘招商局輪船離開上海，二十三日抵達大沽，但英、日軍不承認他代表的身分，德軍司令又不准他上岸，沿途受盡了折磨。後來經過俄國的協調，各國才承認李鴻章全權代表的身分，允許登岸，住進天津舊總督府中，俄國並派兵三百人保護他的安全。俄國的目的是希望「一方面可以控制中國與各國的商談，另一方面又可以單獨和中國談判」，以取得比他國更多的利益。

李鴻章之死

閏八月十八日李鴻章來到北京，慶親王已先到北京將近一個月，兩人相見，李鴻章請了一個安說：

「一年多了，今天才見到王爺，想不到時局會變得如此不堪，這回總求王爺作主。」

說著說著兩眼已含淚水，奕劻也抱了個安說：

「好說，好說，時勢危急，我們遵著旨意共同參酌辦理，中堂聲望崇高，見識廣博，凡事還得靠中堂折衝衡量。」

說到眼前狼狽的情形，兩人不勝唏噓。

經過連日的交涉，到了十月底，英國參贊向李鴻章送交各國公使決議的議和條款十二條。這時七十八歲的李鴻章已因連日身心的疲憊而臥病，可是議和仍在繼續進行，各國的要求及壓力仍不斷從四方傳來。十一月二十日，李鴻章帶病與各國簽定議和大綱十二款，接著商討撤兵日期，各國都同意撤兵，只有俄國反而拒絕交還東三省，並在十二月一日獨自提出交還東三省條約十二款：

一、賠軍費。
二、以後任命東三省將軍應取得俄國同意。
三、警察數目共同商定。
四、由俄文武官員各一以幫辦事務。
五、滿、蒙及各省利益不讓他國。
六、中國不建鐵路。
七、金州劃入旅大租界。
八、俄代收滿洲關稅。
九、免內地稅。
十、兵費未付清前無權贖回東三省鐵路。
十一、中國出售山海關至營口的鐵路給俄國。
十二、俄保路之兵分三期撤兵。

這無疑是將東三省整個送給俄國，當然沒有人會簽字同意。於是俄國又使出老計策，派代表向李鴻章表示，先付給李鴻章或任何李鴻章指定人五十萬盧布，等中、俄交還東三省條約簽訂後，再加付固定款項。這次李鴻章可不敢收這筆錢，斷然拒絕俄國代表提議。但俄國仍不斷施以各種壓力，李鴻章迫不得已，只有將俄國所提的要求向各國公開，希望能以列強的反對，以減輕俄國的要求，可是俄國仍堅持立場表示：「不願立約，則東三省永為俄有，與第三國無關。」

雙方僵持到光緒二十七年（一九〇一年）二月，各國一再表示如簽訂俄約則拒絕撤兵，清廷也表示「先議公約，再議俄約」。俄國才宣布將退出東三省，無侵礙中國主權及利益之事。這時李鴻章已病得非常嚴重，大小事情都交由張佩綸代筆，並召長子李經述來到北京。七月七日各國公使送來和約要李鴻章簽字，李鴻章奏請慈禧太后早日定奪，以免節外生枝。這時他已病得不能視事，但在接到允許簽訂和約的諭令後，仍不顧醫生的反對，在七月二十五日與各國公使簽下了辛丑和約。

和約簽定後，李鴻章病情加劇已不能進食，便請求將與俄談判的事延後，但這時清廷駐俄使臣楊儒，在與俄人商討有關改約的內容時，竟被俄人從樓上踢下（或說推拉時摔倒）致死，他兒子見父親慘死，也自縊身亡。李鴻章得到消息後內外交迫，心中十分愧疚，又抱病與俄使重新開始談判，這時俄國表面上雖讓步，實際上卻另起蒙蔽各國的手段，要中國與俄國道勝銀行訂約，而內容與前次所提條約換湯不換藥，都是想獨占東三省。李鴻章在病榻上對俄使說：

「這個協定無異是將整個滿洲都交給道勝銀行，我怎有膽量負這個協定的責任？要等慶親王回來再商量。可是縱使簽了字，各國也絕不會輕易地放過你們……」

而這時正準備返回北京的慈禧太后，因爲怕回京後遭到不測，竟表示願意和俄國簽約，以交換她到北京後的安全，還好後來因爲各方反對而改變原計畫。

九月十五日以後，李鴻章的病勢已日益嚴重。在病榻上他含淚吟了一首詩：

勞軍車馬未離鞍，臨事方知一死難，
三百年來傷國步，八千里外弔民殘。
秋風寶劍孤臣淚，落日旌旗大將壇，
塞北塵氛猶未已，諸君莫作等閒看。

九月十九日，李鴻章從俄使館議事回來後便大量吐血。九月二十六日，清廷還特別賞給他十天病假，讓他安心調理，「以期早日痊癒，待大局全定，榮膺懋賞。」可惜李鴻章已等不到假期，第二天（九月二十七日）俄使又來強迫他簽字，俄使回去後，李鴻章命李經述草擬勸清廷自強的遺摺，並推薦袁世凱代替自己，他說：「環顧宇內，人才無出袁右者。」

一切國事交代完後，又切齒恨罵毓賢誤國，才會產生這場義和團之亂。罵完之後氣絕而死，眞如他所說必當鞠躬盡瘁，死而後已。死時享年七十九歲

李鴻章的死訊傳到慈禧太后處，慈禧大感震驚，急忙命前來迎駕的奕劻趕回北京，以軍機大臣王文韶繼李鴻章爲全權大臣與俄談判；並立即降旨褒揚，贈太傅，晉一等侯爵，諡號文忠，入祀賢良祠。清廷除了感念他的一生勞績和此次議和之功外，還有一件事令慈禧太后特別滿意，就是李鴻章辦成了一件沒有見諸文字的交涉——各國再也不提結束慈禧訓政的事。

除了褒揚李鴻章之外，在九月二十七日同時也發表接替李鴻章的人選，以王文韶署理全權大臣，袁世凱署理直隸總督兼北洋大臣。世界各大報都刊登李鴻章去世的消息，並對他的處境與對中國的貢獻加以評論，當時的《字林西報》認爲：

「李鴻章以權力私利爲第一，然能認識西來的大勢，思利用外國文明以自強，則遠出曾國藩、左宗棠等人之上。」

又說：

「袁世凱由一位道員因李鴻章的扶植，八年以後遙升爲中國最有地位的總督，年

齡只有四十三歲，乃中國今後最可注意的人物。但袁世凱是一投機取巧之人，能否為中國做眞正有價値的貢獻，則為一問題。」

這些話預料得一點也不差，袁世凱後來不但不利於中國，更親手對清廷做了致命的一擊。

李鴻章死後，由北京內外城紳董大理寺卿王福祥等二百七十五人聯名，遞呈慶親王奕劻，請求在北京建立專祠，以彰忠藎。諭令批准後，便在北京崇文門內建築大學士李鴻章祠，稱為表忠祠。表忠祠屬於功臣的專祠，每年春秋仲月吉日，遣太常卿前往致祭，用少牢一（豬、羊），果品五，帛一，爵三；這份殊榮在清代所有漢人臣子中是最高的恩典，可說是死後哀榮已極。次年李鴻章的子孫將他運回老家合肥安葬，從此這一代權臣永眠地下，但他一生的是非行事都留在史冊，有待後世評斷。

【下　篇】

是非爭議

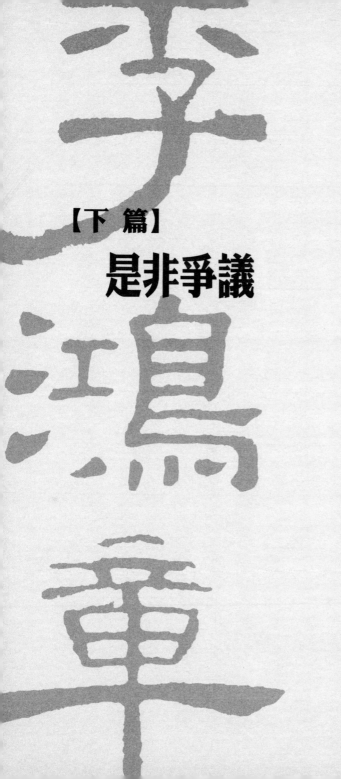

一、李鴻章的性格和影響

晚近心理學家常用青少年時期的言行、際遇，來解釋成人時期的行爲。但這種研究的方法對李鴻章並不適用。

因爲李氏早年的生活記載，付諸闕如。這一類的資料，主要來自年譜、家傳。但在李鴻章生前，即以編李鴻章年譜爲己任的吳汝綸（《李文忠公全集》的編者）和李氏的後人，卻都先後放棄編譜的工作。

不論就李家的財力、物力或吳氏的學力、資料而言，這都是一件不可思議的事，可能的推斷是，雙方對李鴻章一生功過，已經起了爭議，所以才不了了之。

直接史料既不可得，後人雖然陸續修譜，但並不能彌補這項缺憾。所以我們只能從他成名以後的行爲，來討論李鴻章的性格。

李鴻章成就了許多大事業，也遭遇不少巨大的挫敗，這些都可以從他的性格中找出原因。

李氏的性格歸結起來，主要由忍耐和驕傲兩部分組成。

忍耐

忍耐和驕傲都是堅強自信的表現。以忍耐而言，忍為忍辱，耐為耐勞、耐苦、耐繁劇。例如李守孔教授在《李鴻章傳》中說：

能忍辱負重，不避勞苦是所長。（三八二頁）

梁啓超的《論李鴻章》也說：

左李齊名於時，然左以發揚勝，李以忍耐勝。（八一頁）

日人德富蘇峰也承認李鴻章有「忍人所不能忍」，「百般之艱危糾紛，能從容以排解之」的性格，而《清史．李鴻章傳》則說得更詳細：

伏查鴻章與曾國藩謀國忠誠，決議英斷，不搖浮議，不顧毀譽，略相倫等。其任事勇銳，赴機捷速，不為小廉曲讓，則鴻章有獨至孤詣，自壯至老，歷常變夷險，未嘗一日言退。

李鴻章的忍耐功夫是衆所公認的，而詳細分析，可分爲幾點：

一、對清廷的忍耐。在平太平天國、平捻亂的過程中，李鴻章多次受到申斥，甚至「革職留任」等處分。甲午戰敗後，更是用以復棄，棄而復用。但他卻能夠毫無怨尤，故清廷認爲這是他「忠誠」的最高表現。

二、對輿論的忍耐。李鴻章大約是清廷官員中，遭到攻擊輿論最多的人。所以梁啓超說有如萬箭穿心，其痛苦的情形，不是常人所能想像的。保守派罵他離經叛道，急進者罵他畏縮怕事，此外，罵他結黨營私，貪賄斂財的更多。雖然，努力爲他辯白的人也不少，但批評的聲音似乎始終占了上風。

特別在中法戰爭前夕，中日甲午戰爭前夕，因爲他不主張對外作戰，所以被憤怒的言官們所痛詆。甲午戰敗，淮軍和北洋艦隊全軍覆沒，主張「處死」李鴻章的，也不在少數，這都要憑他的忍耐功夫，才能安然度過。另外台灣事件、琉球事件時期，他也遭受了一些攻擊，不過規模稍小。

從另一個角度看，禁得起罵，故被視爲雍容大度。在這方面，即使曾、左諸賢，也遠比不上李鴻章。

三、忍外國之辱。李鴻章在上海起兵，攻擊太平天國之時，就遭遇「常勝軍」問題。外籍軍官不受節制，常有越軌之舉。白齊文可以綑綁道員，強劫庫銀；戈登可以手持短槍，搜捕李鴻章，他們驕橫的臉孔，令人印象深刻。但李鴻章總能夠大事化小，消弭於無形。

在天津事件中，曾國藩尚且倉皇求去，可知法人的驕橫多麼令人難堪，可是李鴻章卻能從容應付。馬關條約更是他最大的考驗，日人舉國上下，多年來以李鴻章爲頭號假想敵，不停醜化李氏。但眞正見面後，卻爲他雍容鎭定的形象所震撼，輿論竟爲之一變，這是李氏個人魅力的最高表現。辛丑和約，其艱鉅情形，比馬關條約時更甚，李鴻章以衰病之軀，忍此國辱鞠躬盡瘁，史家稱他能「忍辱負重」，是持平之論。而李鴻章本人也以能堅忍而自豪，自稱是「老師（曾國藩）的挺經」。

除了能忍，李鴻章能「耐」的功夫，也是常人所不能做到的，所謂耐，就是前面所說的耐勞、耐苦、耐繁劇。

李氏平太平天國、平捻亂，馳騁戰場十餘年，其中所經歷的艱辛，固非局外人所能想像。從千磨百練中，鑄造出他耐勞、耐苦的精神，到老年仍不遜色。吳永（曾紀澤女婿，在李鴻章幕府多年）在所著《庚子西狩叢談》中，談起李鴻章出國前夕，偶遇暴風雨的情形，頗能傳神：

> 啓節時，予（吳永）等有數十人送之出東便門，在于家衛午尖，離城二十餘里，是日適有大風，揚沙撼木，車行極為困頓，抵衛時，有大宛兩縣在此辦差，就一民房外，加紮天棚，即於棚中設席，合尊促坐，棚搖搖震撼作聲，如欲拔地飛去，飛塵瞇目，席間盤盂盃盎，悉被掩蓋，幾無物可以下箸，而公高談健食，意興豪舉。

李氏雖以豪奢聞名，但仍能吃沙土拌飯，或出外視察時，以幾粒雞蛋充飢，充分表現出能屈能伸的本色。從馬背、沙場、車上、船上所建立的勳業，究竟不是端坐在京城辦公的官員們所能想見的。

另外在公文處理上，李鴻章的工作量當然非常繁重，但他反應極快隨批隨答，幾十年間，眞正做到「案無留牘、門無留賓」的原則。對於重大公文，則反覆推敲，一定要找到最妥當的辦法，才肯上奏，所以梁啓超說：

李鴻章之治事最精覈，每遇一問題，必再三盤詰，毫無假借，不輕然諾，既諾則必踐之，實言行一致之人也。（八五頁）

所以清廷每遇重大交涉，常詢問李鴻章意見，採用他的辦法，對他的信賴，數十年不衰。尤其對他精明、仔細、能耐繁劇，評價頗高。

李鴻章的耐性，得自平日的涵養，他每天讀《通鑑》，隨意閱讀數頁，並每天臨帖一百字。另外生活嚴格遵守規律，起床，用餐飲料，午休按摩，辦公時間，甚至散步的距離，每天都相同。中國人認爲這是學習曾國藩模式，而在外國人眼中，與標準英國紳士的作息非常相似。

驕傲

驕傲是自信的表現，但過度的自信卻往往蒙蔽聰明而招致失敗。李鴻章絕頂聰明，又絕頂能幹，故梁啓超以爲：三代以來，身兼忠臣、儒臣、兵家、政治家、外交家五項身分者，只有諸葛亮與李鴻章兩人而已。梁啓超對李的稱譽，或者稍有過當；但李歷事之多，辦事之精幹，也確實有過人之處。如果再加上企業家的頭銜，也難怪他要目空一切，視天下無人了。李鴻章進士點翰林出身，文章詞藻之講求，自然不在話下，又經過曾國藩幕府多年的磨練，所以後來他幕府中人多半不能合他的標準。李氏自稱「生平看不起老幕」，又喜歡嬉笑怒罵，故《清史稿》說他：

惟才氣自喜，好以利祿驅眾，志節之士，多不樂為用，緩及莫恃，卒致敗誤。

就軍事家身分而言，李鴻章以軍事得大用，而終於甲午之敗。當年率領幾千名「乞丐兵」，就可以縱橫上海，抗拒太平天國幾十萬之衆；後來養兵、購砲、置艦數十年，卻在朝鮮半島、黃海中不堪一擊，其原因全在「暮氣」。曾國藩曾說：「軍中最忌諱的，就是暮氣」。有朝氣、衣衫襤褸的軍隊，可以屢破巨寇；無朝氣，鐵甲巨艦，西式陸軍，一樣一戰而潰，甚至望風先逃。

如果將領不得其人，只要幾個月時間，足可使軍心渙散，由朝氣變爲暮氣。看看甲午淮軍將領，擾民剋餉，飾敗為勝，與淮軍初起時氣象，無異天壤之別，原因雖多，但驕傲、怠惰，是致敗主因，這點李鴻章難辭其咎。

就政治家而言，吳永《庚子西狩叢談》有云：

「他對當朝同事是看不起的，他說：我老師文正公那眞是大人先生，現在這些大人先生簡直都是粃糠，我一掃而空。」

曾國藩每用一新人，必有一番考驗，觀察其品性、能力；但傳到李鴻章手上，就成了謾罵挫辱，大約在李氏手下做事，先要能捱得了罵。袁世凱是李鴻章晚年最賞識提拔的後起之秀，袁氏小站練兵，已經聲譽鵲起，仍被老前輩罵得狗血淋頭，其餘眾人捱罵，更不在話下。淮軍與北洋海軍的將領頗能接受這種「管教」方式，認爲是親切的表示，但有志氣、教育程度較高的人才，則覺得難堪而無法與之合作。

容閎是李鴻章所提拔的留學生，但他對李氏的評價並不高：

李文忠（鴻章）……其為人感情用事，喜怒無常，行事好變遷，無一定宗旨，而生平大病，尤在好聞人之譽己。（容閎，《西學東漸記》）

曾國藩手下，多屬君子；李鴻章手下，不免小人，到袁世凱手下，更盡屬奴才，中國前途愈趨無望，由此中可探知消息。

以外交家身分而言，李鴻章的驕傲更為著名，他為了震懾群夷，每一舉動，都經過精密的設計，所謂人抬人高，水漲船高。

與外人議事，先派傳達，其次為拿衣服之奴僕，然後才緩緩而入，待僕人服侍穿衣，才與外人論事。

這種派頭，即使是親王也不曾表演，但李氏卻習以為常，在外國人眼中，李氏成為中國眞正的「大人物」，也是從這些日常小動作而來的。

李鴻章出使，更是架式非凡。奴僕、隨員三十多人，行李三百多件，其中包括多個鳥籠畜養名貴珍禽，珍藏的雪水，棺材、轎子等「必備」物品，無不精巧華麗令人匪夷所思。對李氏而言，這都是他表示身分的道具，所以李鴻章的大名婦孺皆知，李鴻章傳奇歷久不衰，姑且不論他外交的成功與否，他的「個人秀」倒是噱頭十足。

梁啓超論李鴻章的外交，說他沒有崇洋媚外的劣習，倒是持平之論。

此外，李鴻章也是現在國營事業的祖師爺。在他而言，這些事業是酬庸親眷和各種關係的後院，報銷經費的尾閭，裝點「自強」的門面，一舉多得。

這都是他在官場上耍得開的重要資本，所以效率低落，冗員充斥，浪費公帑，也就不能深究了。

這種經營心態，歷百餘年而不能改，至今仍沿襲成風，數百企業中，偶有一、二精明幹練的負責人，能夠實心辦事，轉虧爲贏，舉國上下，則視爲英雄人物。李鴻章若死而有知，知道他死後仍有無數繼起者，不免撫掌大笑曰：「本相手創辦法，果然可大可久，是官場正宗。」

日人陸奥宗光一針見血地評論李鴻章道：

「與其説他有豪膽，有逸才，有決斷力，不如説他是個伶俐、機智，能夠妙察事理利害得失的人。

又說：

如果他是諸葛孔明（當李死後，有些人認為他鞠躬盡瘁，死而後已的精神，與孔明同），為什麼在他一生中，支那帝國會像剝筍皮一樣，愈剝愈小呢？

此則不得不爲聰明、能幹如李氏者誡。

二、官場特性和官僚技巧

要瞭解李鴻章的所作所爲，必先瞭解當時官場的情況，才能夠欣賞這些絕頂高明弄潮兒的身手。以下分由科舉、京官與外官、滿漢關係以及其他（包括諫官、文士、公益事業）等四個角度加以討論。

科舉

李鴻章是清道光二十七年（一八四七年）丁未科的二甲進士，排名三十六。這次考試二甲共有一百一十名，後來較有名的有郭嵩燾、沈葆楨等。三甲有一百一十六名，較著名的有刺馬案的主角馬新貽等人。

根據中國官場上的傳統，李鴻章的仕途大致已經決定：一是追隨座師，一是同年之間互相提攜。李鴻章先後投靠的安徽巡撫福濟、曾國藩，均爲李氏座師（考官）。如果老師飛黃騰達，學生自然也能託附驥尾，反之，不免困頓，李鴻章於此得力最多，不必再論。且世傳李鴻章入曾國藩幕府，曾經同年陳鼐推薦；李氏發達後主持外交，也推薦同年郭嵩燾出使英國，這都是同年的功能。

後來湘、淮軍將領雖然功成名就，但只有曾國藩主持過考政，還有一些門生可用，左、李、胡都不曾主考，所以曾氏以後這條人才循環系統爲之中斷，只能舉用軍功。但職業軍人在當時多半粗鄙無文，難以大用，劉銘傳因爲刻苦自修，做到巡撫，算是例外，其他如鮑超、馮子材等名將，都只能以提督終老。這不見得是清廷的有心安排，但左、李終感無人可用，確是實情。梁啓超不解其意，認爲李鴻章位極人臣，竟以終身未能主持考政爲大憾，相當可笑。梁氏不瞭解，在官場上不主持考政就是斷了後路，影響所及，軍功愈重，人才品類日差，終至北洋軍閥亂國，都與此有關。

京官與外官

中國幅員廣大，向來以中央集權爲常態。所以一個朝代在中葉以前，青年人多半以擔任京官爲追求的目標，一旦外放，則如喪鳳凰穴。所謂「天下治，注意相；天下亂，注意將」。尤其在科舉時代，二甲點翰林，是天下清貴之官，宰相苗裔。我們從李鴻章竟把翰林院的職務丟在一邊，寧可擔任幕府十餘年，軍馬倥傯，就不免嗅到一些秋的氣息，那就是「京官」已經不值錢了，天下轉入「注意將」的時代。那時京官又被稱爲「窮京官」，因爲薪水以外，別無收入，中國明清以來官員薪水之低（清朝正一品只有三百兩）不足餬口，已成定論。但外官有「養廉銀」（主管辦公費之類），督、撫的養廉銀更常在萬兩以上。

湘淮軍興起以後，又增加了釐捐（稅收權）、招兵權，簡直爲半獨立狀態。所以外官多半輕裘肥馬，著實讓京官羨煞。清末諷刺小說《孽海花》、《官場現形記》等對此都有生動的描寫。

這種嚴重的心理不平衡，表現在兩種方式上，一是以言論猛烈攻擊重要的外官，使他們心生恐懼或下台。

這種情形，在清末幾十年間，每隔若干年就會大爆發一場。京官大肆抨擊外官，固然是基於愛國圖存之心，亦未嘗不是心理不平衡所致。

第二種不平衡的表現品類更差。外官爲求京官高抬貴手，平日已有「炭敬」，每月送上；遇有重要外官入京覲見，京官更是抓住把柄就大敲一頓，需索費用之高，往往駭人聽聞。忠直諫正的大臣，往往弄得灰頭土臉，如曾國藩、左宗棠均不堪其擾，倉皇而退。但李鴻章卻應付裕如，他在平定江蘇，第一次覲見時，就傳聞一次出手十萬兩，成爲當時的最高紀錄，以後隨著他權位的提升，數量當然也節節上升。

李鴻章能夠消弭這種不平衡的心理，是他得以久任的重要原因，但因而也加速了政風的敗壞，這點李氏難辭其咎。

滿漢關係

滿清以不足百萬人的邊境部落，入主中國，統治超過四億的漢人，當然戒慎恐懼，故重要職務，全由滿臣擔任，漢人大臣不過備員而已。然而，隨著時代的推移，二百年來，漢人大臣的地位漸趨重要，等到湘淮軍崛起，立下輝煌戰功，更成爲猜忌的對象。曾國藩深明這一層道理，所以每次具報戰功，都以滿人官文領銜。平定太平天國後，更因恐懼朝廷的猜忌，解散軍隊，乞求退休，這都是對朝廷沒信心的表現。

反觀李鴻章卻毫無這些顧慮，不但掌理北洋二十五年之久，且批評曾國藩年老乞退是無益之舉。李鴻章能放心做官，主要仍是使用以滿人爲保鏢的老辦法，在宮中獲得軍機大臣醇親王奕譞（光緒帝的親生父親）的支持，故光緒十六年（一八九〇年）奕譞死，李鴻章痛哭流涕，張一麐的《古紅梅閣筆記》說：

吾聞醇賢親王奕譞之逝世，文忠（鴻章）哭之慟，蓋漢大臣必以滿人為護符，雖曾胡不能不利用官文，奕譞既薨，文忠獨立難支。

但另一主要原因，則是中國史上的「含垢」原則。李鴻章平日熟讀《通鑑》，當然熟知典故。王翦爲秦國上將，秦軍舉國壯丁付之，王翦卻五度遣使，求田問舍，以安秦王之心；蕭何功高主疑，強買民間土地，自污以釋漢高祖之疑。魏公子無忌功高，醇酒婦人以釋魏王疑心；曹參功高，接任丞相，每日飲酒爲高。《幼學瓊林》故事之中，也有「求田問舍，原非奇才」之語。曾國藩清介自許，難怪教人懷疑他有「不測」之志，李鴻章富豪天下聞，聲譽、名望當然遠不及曾氏，但卻可安清廷之心。這也是清廷封他爲「文忠」的道理。

當然，朝廷隨時可以「貪污」的罪名逮捕他，但把自己陷在危險的境地，隨時任上級宰割，更是恭順、忠誠的最高表現。

其他（諫官、文士及公益事業）

監察權的行使，是中國行政制度上的一大特點。歷來在防止腐化上，發揮了相當的功能。監察權在清代屬都察院，以左都御史爲主管，以下有左副都御史、六科給事中、監察御史等。官員（滿漢各半）不過五十八人，其中三分之二，每年輪流組成各種巡查小組，巡行全國。

諫官自古多取少年銳氣，遇事敢言，有奮不顧身氣勢者。與今監察院平均高齡達八十多歲，廟堂高拱者，大不相同。在李鴻章主持北洋的二十五年之間，他最主要的阻力，都來自都察院。他們平日對練兵、製械、購械的費用，總是盡力反對，但與外國發生衝突時，卻又主張強硬對付，往往被反譏爲「少年躁進」之士。

在都察院擔任一段時間後，經歷較多，則視其表現，分發爲行政官員，讓他接受「後起之秀」的質問。李鴻章對待這些都御史老爺們，倒頗有風度，一旦他們離開都察院，擔任行政官，他還願意擔任「推薦人」（他推薦張佩綸，就是顯著的例子），並表示這是制度所造成的：

彼少年欲立名，既為言官，必擇一、二有權力者見諸彈章，其能舍我乎？此勢所必爾，何可挫其銳氣。

這種政治認識，頗值得效法。

在文學政治盛行的時代，與文壇領袖的來往，也很重要。與李鴻章應酬的，當然是當時最有名的文人，如俞樾、吳汝綸、李慈銘等人。

李鴻章母親及他本人的歷次大壽，壽聯、詞句，多出俞樾（曲園）之手，李鴻章的謝儀自然也十分豐厚。安徽桐城吳汝綸，是當時古文大家，和李家關係更為深厚，生前即約定代撰神道碑、墓誌銘等文，也是《李文忠公全集》的編者，往來熱絡。李慈銘，又號蒓客，是當時名士的代表，以詩、畫聞名，多與達官顯貴往來，著有《越縵堂日記》，對晚清人物、民情、風俗留下不少珍貴資料。他在日記中就曾記載近來手頭較緊，前去拜訪李相國，得黃金二十兩，白銀二千兩。由此看來，應酬名士的費用相當驚人。

甚至，國父孫中山先生以西醫書院學生的身分上書，也獲得「農桑會籌款護照」一紙，從此，以官差身分出入國境，甚為方便。後來在檀香山組織興中會，回廣州準備革命，也都以「農學會」名義掩人耳目，一時廣州仕紳慕時髦而參加者不在少數，對掩護革命初期的活動，頗有幫助。

李鴻章既然位高權重，四方需要應酬的事情，也就源源而來。如修《廬州府志》，出資兩千兩；修廬州城，出資兩千兩；巢縣臨近合肥，又同屬廬州府，巢湖中的風景區姥山修建寶塔，也由李鴻章出資，作爲母親祝壽之用。又如美國將領格蘭特，與李氏相交不惡，格氏死後，籌建紀念碑，李鴻章也出銀一千兩。

類似這些公益事業的捐款，由於《全集》中沒有收集，只能從分散零星的資料中，收集少許。但以李鴻章的身分作風推斷，總數一定相當龐大。這也是《李文忠公全集》一個很不能解釋的現象，不僅所有應酬文章、詩句都不收錄，所有的家書也一概不收，以致我們對他的家庭生活情況難以掌握。公益捐款，是普通文集中所喜歡的題材，但李鴻章的《全集》卻完全不記，據筆者推測，可能是怕捐款數量太多，反而會引起種種傳言，所以乾脆不記。協助湮滅史料，是吳汝綸不能推卸的責任（有關李文忠公家書，民國以後有人收錄印行，但可用的史料也很少，顯然也是經過嚴密消滅史料的過程）。

李鴻章爲官幾十年，除了應酬各方面的需求之外，還要維持龐大的開銷。他去世後，留下了多少財產，自然成爲衆人所關心的話題。一般人的說法出入很大，最多的說有四千萬兩（容閎）等於當時全國總預算；最少的說數百萬兩（梁啓超），折中的說法則有兩千萬兩，這些雖然都是猜測之詞，但李鴻章死後遺產十分豐富，則可斷言。

三、國際情勢與中國的適應

英國

英國的海上霸權，確立於一七六〇年代（清乾隆二十五年），同時擁有加拿大、北美、印度、非洲及太平洋上若干島嶼，成爲空前龐大的海上帝國。此後的一百多年，英國不但能維持此項優勢，並且利用歐洲諸國爭戰不休的機會，攫取海外殖民地。即使雄才大略的軍事天才如拿破崙，在面對英國艦隊時，仍束手無策，坐視英人橫行海外，吞噬法國在北非、西印度、地中海各小島上的殖民地，並隨著拿破崙的戰敗，而正式取得這些領土。

中國港口的開放，源自中英鴉片戰爭，此後英法聯軍，法軍也居從屬地位，所以英國成爲在華列強的領袖，是很自然的事。在上海、香港等港埠，也以英商爲大宗，常居中國對外貿易的半數以上。一名駐上海的英國官員曾很驕傲地說：

「這個港埠（上海）是英國人首先用血肉打下來的，其他各國不過是跟在英國後面趁水行舟罷了，所以他們不得不以英國的動向『船』首是瞻。」

這種說法在一八四〇至一八八〇年之間大致是正確的。但到了李鴻章執掌外交期間，從同治九年（一八七〇年）到光緒二十一年（一八九五年），英國的權威日益遭受挑戰，國際舞台終至成爲群雄逐鹿，失去秩序的局面。

李鴻章前期的外交方針，也以英國爲主要對象。不論是置械、購船，乃至海關稅收、學習語文，都委英人主持。湘淮軍中興名臣們，能夠度過重重險阻，固然是他們竭智盡忠，力求戰備，但同時也拜英國力求穩健、和平的政策所賜。

二十五年間，中英僅發生過一次較嚴重的爭執——光緒元年（一八七五年）的馬加理事件。馬加理是一個探險家，率領一支約兩百人的武裝探險隊，企圖探查由緬甸到雲南的道路。結果在探險途中遇害，中英關係一度緊張，但終以簽訂「煙台條約」收場。

維持和平、穩定，確保英商在華的商務，都必須靠強大艦隊的支持。可是當英國人的注意力，逐漸轉移到國內的貧富不均、罷工示威等社會問題時，爲了「勤遠略」而花費龐大軍費，便逐漸受到指責、杯葛。

在太平天國之役，曾經與李鴻章並肩作戰而立功的英雄戈登，就成爲保守黨「維持霸權」和自由黨「海外撤軍」兩派意見相持不下的犧牲者。他本奉命前往蘇丹首府喀土木撤退該地英軍，但他抵達喀城以後，卻決心死守，與該城共存亡，並以此逼迫英政府不得不再出援兵。結果援軍未抵喀土木，戈登已於一八八五年一月兵敗被殺。

戈登英雄式的殉難，雖一度激起保守主義的得勢，但大勢所趨，英國終於逐步停止造艦，海上的優勢也迅速被新興列強拉近。中國從此多事，陷入更大的挫辱中。

法國

法國從事海外活動甚早，雖然在長達百餘年的殖民競賽中，處處落後英國，但爲了「追求法蘭西的光榮」，也有一批又一批的探險家在世界各地獨樹一幟，不讓英國專美。由於法軍曾參加「英法聯軍」之役，所以處處以在華第二號既得利益者自居。法、華之間商務不振，於是法國在中國各地的租界，就成爲治安最鬆弛的地帶，不但煙、賭、色情氾濫，而且成爲中國政治犯、革命家的天堂。

法國的使命感，明顯地表現在傳教工作上，並造成無數次的教案，使得中國地方官頭痛不已。其中較嚴重的，往往釀成兩國政府的對立，如咸豐四年（一八五四年）的馬賴神父「西林教案」，造成法國出兵，進而組成英、法聯軍。同治九年（一八七〇年)「天津教案」，雙方關係再告緊張，但終因種種原因，和平解決。

天主教在中國的傳布，阻力很大，因爲法籍教士常藉政治與武力爲後盾，態度傲慢，難與溝通。且教會多具權威性格，常使小衝突積累成大禍。

李鴻章對處理「教案」最有心得，而且不憚繁瑣，力求消弭於無形。但是若干法人企圖打破英國在華優勢，終於藉越南事件，與中國正面衝突，爆發中法戰爭。幸賴李鴻章、左宗棠等人坐鎮、運補，劉銘傳、馮子材等人奮勇抗敵，而法國主其事者安鄴、海軍大將孤拔又先後身亡，兩國終以互有勝負議和。

中法戰後，法國在華利益並無顯著成長，並漸遭德、日、俄等列強超越，成爲列強之中較次要的角色，雖在八國聯軍期間，趁水行舟，但已經不復爲主宰力量。

德國

在一個滿裝著雞蛋的籃子裡，要硬塞下一個厚殼蛋，必然要擠破鄰近好幾個蛋，才能挪出它所占的位置。德國在十九世紀下半葉迅速崛起，傳奇式地擊敗奧、法，成爲歐陸第一強國。這是鐵血宰相俾斯麥的驚人事功，但也引發了列強間的連鎖反應，餘波愈來愈強，最後造成第一次世界大戰。此間因果關係，已爲許多歷史家所公認。

一八七〇年普法之戰，法國好大喜功的拿破崙三世戰敗被俘，新德意志帝國成立。俾斯麥不敢稍事懈怠，努力於保有既得的勝利果實，以防止法國復仇。俾斯麥在普法戰後，花了十二年時間，防範一切可能成爲法國盟國的強國，而防範的最佳辦法，就是與其訂盟，最後形成了兩大集團，戰爭隨時有一觸即發的可能。

就實際而言，俾氏的手腕之高，事功之大，已經是古今罕見了。但對惑於熱情、想像和宣傳詞藻的新皇上——威廉二世而言，俾斯麥不過是個膽小、過時而又難以商量的老傢伙。於是在一八九〇年（光緒十六年）三月，俾氏被迫下台，德國開始大力從事海外擴張，並加強造艦、煉鋼。

爲了要表現他確有超過俾氏之處，在中日甲午戰後，德國參加三國干涉還遼，並索取酬勞，要求租借膠州灣和青島，並在一八九七年（光緒二十三年）出兵占領該港。中國雖請俄國調停，但毫無效果。這項突兀的舉動，使得列強紛紛效法，瓜分中國沿海港口，並使德國在華利益暴增。三年之後的八國聯軍，德軍出兵最多，且被推爲統帥。此外他還興建巴格達鐵路有志於中東；出兵摩洛哥，染指北非，加上俾斯麥時代已取得的西南非，又占太平洋若干島嶼，儼然成爲殖民俱樂部的後起之秀。

俗語說：「新換的燈芯吸油最多」，十九世紀最後幾年所崛起的德、日等國，態度之強橫、需索之貪婪，不僅令我們這些被欺侮的國家極為難堪，即老牌帝國主義英法等國，也覺芒刺在背。

俄國

俄國與中國的邊界衝突，已歷兩百年之久。其間俄國利用英法聯軍侵華的機會，強逼中國簽下「瑷琿條約」，承認其占領外興安嶺以東黑龍江以北之地。這塊土地約和今日東北的面積相等，達一百多萬方公里，森林沃野，竟輕率讓與敵國，清廷之輕忽顢頇，令人切齒。

此後俄國又侵奪中亞諸縣（如哈薩克），與我國新疆接臨。同治三年（一八六四年）新疆回亂爆發，阿古柏統有全境，俄人也乘機占領伊犂。十三年後，左宗棠平定回亂，光復新疆，中俄開始為伊犂問題談判。清廷的代表是滿人崇厚，他生性怯懦，態度草率，竟答應俄人通商、割地、補償三項條件，輿論譁然。這時清廷中興名臣雲集，正是有為之時，左宗棠西征軍未撤，軍臨伊犂盆地入口，所以當清廷改派曾紀澤談判時，獲得了較佳的結果。

李鴻章自始反對用兵西域，此時又主張放棄伊犂，幸而強硬態度的大臣們得到優勢，才不致含混了事。英法列強對中國能以強硬態度收回伊犂頗表重視。英國報紙認爲這是俄國侵吞中亞以來，首次遭到的挫敗。中法戰前，法人還再三提到中國已解決回疆問題，兵力不可忽視云云。

李鴻章對中國遠疆毫不重視，認爲可以隨意輕棄，其實這不只是他個人的想法，而是當時一般讀書人的看法。「萬里無用之地，平日駐兵費數百萬」，這種反帝國主義的論調，一方面是中國的傳統，另方面又與英國當時名相格拉斯東等人隔海相唱和，格氏的名言是：「這（殖民地）是我們脖子上的磨石。」所不同的，格氏反對海外「勤遠略」；李氏則爲了避免衝突而主張輕棄邊關，難怪民族主義者百餘年來，對李氏恨之入骨，斥之爲張邦昌、秦檜之流了。

到甲午戰前，李鴻章一面師法戰國時代「合縱連橫」之法，一方面效法俾斯麥所推動的「外交革命」，並接受馬建忠、薛福成、郭嵩燾等洋務家的建議，開始主動地「外交出擊」與列強訂盟。

對此首先表示興趣的就是俄人，並造成後來的「三國干涉還遼」，但是不久就以恩求償，簽訂「中俄友好同盟條約」，視東北爲禁臠。

其他列強亦聞風而至，或據港口，或開鐵路，或求借款，中國幾遭瓜分。此所謂

「畫虎不成反類犬」，「聚九州之鐵，鑄成此大錯」，是李氏一生中最大敗筆。但他並不自覺，簽約後回國，還向人誇耀：「可保二十年無事」，也確實是一大諷刺。

這條密約，的確成為笑柄，德國占領膠州灣，俄國以同盟關係為藉口，出兵占領旅順、大連，還聲稱是履行盟約，助中國防德。義和團之亂，又出兵五十萬，分五路占領全東北，並企圖併吞蒙古、新疆。雖然後來日、俄在東北一戰，使俄人不得不暫緩侵略的野心，但日人強盛，凶橫也不下於俄國，抱薪救火，終至燒身，李鴻章聰明一世，終於為聰明所誤。

美國

比較起來，美國是西方列強中面目最清純可愛的了，這並不是美國對中國特有好感，而是運會使然。首先，美國新得廣闊「西部」，自身消化還來不及，對外擴張的腳步自然不太急迫。

另外，美國是新造之邦，也確實較有理想，能秉持公義。反應靈敏的洋務專家們，也察覺到這個事實。

例如薛福成就主張：

美國自為一州，風氣渾樸，與中國最無嫌隙……故中國與美國宜推誠相與，略棄小嫌，此中國之強援，不可失也。

可是徒有好感不足以成事，遇有棘手的外交危機，美國又秉持「孤立主義」置身事外，讓李鴻章等主持外交的大臣們覺得有緩急不可恃之感。透過大量留學生、外交官、報紙、雜誌的鼓吹，數十年後，美國終於成爲中國最重要的友邦和盟國，但也因此產生許多恩怨糾紛。

東方諸國：日本、韓國、琉球

以往中國與東方諸國的外交關係相當單純，最主要的只有朝貢，最頻繁的一年一貢，最疏遠的十年一貢。朝貢當然有許多形而上的含義，首先是承認中國爲「上國」，從文詞上的恭順，到禮節上的謙卑，都足以顯示彼此的關係。中國則對外邦有存亡續絕的責任，不過這項責任，眞正施行的並不多見，除非接受對方的請求，否則不會貿然干預。另外在朝貢的同時，也進行貿易。

日本在東方諸國中，一向頑強。元朝時曾擊敗元軍，明朝時又因倭寇問題，被中國下令停止朝貢，與中國關係一向不好。在內政方面，日本天皇勢衰，從八世紀末開始，諸侯中最強者已組成幕府，成爲實際的統治者。他們的權限，比我國春秋時代的諸侯盟主還要大得多，而且世代相傳，每個幕府的朝代，長達數百年之久，到十九世紀時，已經歷三個幕府朝代，達千年之久。

列強的欺凌既然是世界性的，十九世紀時遭外國壓迫而喪權辱國的幕府，自然成爲衆所攻擊的對象，其他久被壓抑的強藩也趁此聯合起來，驅逐幕府。不過這次群雄已經有相當的覺悟，不再以建立自己的幕府爲能事，而以歸政天皇爲口號。這種遠見，激起了空前的愛國心，倒幕成功，加上明治天皇英才有爲，所以能夠大刀闊斧，做了徹底的革新；這就是著名的「明治維新」。

與中國的自強運動相比，中國一開始就避難就易，處處屈從遷就現實，與日本的「先難後易」正好相反。中國愈推動阻力愈大，最後滯礙難行，所竭力維持的「自強」假象，也在甲午砲聲中崩塌。日本的明治維新，始於同治七年（明治元年）幕府大將軍德川慶喜歸還政權，從此大肆革新。在時間上，比「自強運動」（同治三年）起步要晚；經費也遠不及我國，人才伊藤博文、陸奧宗光、西鄉隆盛諸人，也未必勝過我國中興諸臣。然而，以千年天皇歸政，激起全國一致的向心力，與中國處處互相防閒，彌縫妥協的氣象大不相同。所謂「小雖小，秤錘壓千斤」、「大雖大，尿泡空無用」，兩國革新的成效，已經可判勝負。二十五年以後，雙方兵戎相見，驗收成果時，榮辱相去，何啻雲泥。

日本既稱維新，即在同治九年（明治三年）遣使來華，以柳原前光爲首，到總理衙門要求簽訂通商條約。這是日本自明朝斷絕交通二百年以來，首次派使來華，後來根據其他國家的慣例，准許它在通商港埠貿易。並且由李鴻章與日本特使伊達宗城共同簽約。

日本向外擴張，向來有南進、北進之說。南進者是海軍派，沿琉球、台灣到菲律賓、印尼等地；北進者爲大陸派，先從朝鮮半島，經東北，到蒙古、西伯利亞等地。維新以後，這兩條觸角也先後開始向外探測。先是由海軍派的薩摩藩私下出兵，占領琉球，並廢琉王爲藩王。這件事情，清廷並不在意，只表示不要影響到琉球對中國朝貢的義務，其他的一概不管。這項成功的經驗，無疑鼓舞了日本人進一步擴張的野心。於是在次年（同治十三年，明治七年，一八七四年），居然組織了一支小小的遠征軍，登陸台灣南部的琅璚（恆春），想要含混其詞，占領台灣的最南端。

他們的藉口也十分拙劣，聲稱要替三年前遭風飄流而被生番殺害的琉球漁民（也有日本人在內）復仇。這是西方帝國主義的拙劣學徒，眞令人有時光倒流之感。但無論如何，日本的木殼小輪與西式小部隊總是事實，而且征服了牡丹、石門、楓港等地的生番，築都督府，設立屯田，頗有把此地視爲新占領殖民地的味道。

三個月後，中國也派沈葆楨出兵，雙方相持不下，最後，在外交的斡旋之下，日本同意退兵，但中國須付兵費。此次日本雖無所獲，但也沒有遭到什麼慘痛的教訓，遠征軍司令西鄉從道等人，雖然被迫暫時從台灣撤退，但對此地仍無時或忘。

對中國而言，這倒是一個很好的刺激，李鴻章建議購買鐵甲巨艦，用來制壓日本的木殼小輪。很快的，在次年（光緒元年，一八七五年），開始創建北洋海軍，雙方展開了海軍競賽。十四年後，北洋海軍成形，擁有二十一艘船艦，是遠東最強大的海軍力量。

光緒五年（明治十二年，一八七九年），日本把琉球改爲沖繩縣，逮捕監禁琉球王世子，並阻止他們再向中國朝貢，琉球臣民向清廷緊急呼救。這時清廷對外藩遭受侵害的處理，已經遠比以往積極；另方面，日本的舉動，不但妨礙了傳統的「朝貢」行爲，又破壞了中國「存亡續絕」的宗主國義務，所以清廷反應激烈。駐日公使何如璋向日本提出嚴正抗議，恭親王和李鴻章也在總理衙門和日使交涉，另外還拜託美國退休總統克里夫蘭（當時正以私人身分旅遊東方各國）向日本政府表示嚴重關切。日本方面由於中國所施的強大壓力，同意稍做退讓，將琉球南部宮古、八重山群島劃歸中國。但這幾個島嶼過於狹隘，不能設立琉球王的宗室，總理衙門受到輿論的壓力，不肯接受這項安排，琉球問題因此成為懸案。

在日本向南侵略的同時，北進派也躍躍欲試，想在朝鮮一試身手，於是朝鮮半島成為當時中日兩國針鋒相對的主戰場。

朝鮮和其他飽受欺凌的國家一樣，開始時採用鎖國政策，凡是強行靠近海港的外國船隻一律砲擊，先後擊毀、擊沉各國船隻多艘。這無疑大大提高了朝鮮人民的民族主義，而較具遠見的人士也深深感覺變局逼人，而有模仿中、日等國，變法圖存的主張。這幾派思想互相搏鬥，形成了朝鮮動盪多變的政局。

朝鮮奉中國為上國，已有兩千年歷史，而日本當藩國林立時代，沿海諸藩尚且向朝鮮王稱臣納貢，所以一向把日本視為下國。雖然日本維新後，日益強大，但朝鮮王室和人民大半都傾向中國，故清軍和日本在朝鮮抗衡，常居優勢。光緒八年（一八八二年），朝鮮的太上皇大院君發動政變，主張消滅一切西化事物，他並曾輕蔑地表示，日人穿西式服裝，類似禽獸。動亂期間，中日兩軍一度相持，最後終因中國軍隊先俘虜了大院君而告結束；日軍則因實力不足，暫時退卻。

這次的勝利鼓舞了清廷積極干涉朝鮮內政的想法。於是代練新軍、指導外交、策畫郵、電、交通等逐一展開，很能滿足當時清廷仍是「東亞盟主」的感覺。到光緒十年（一八八四年），又發生親日派政變，失敗後日使館被燒，親日派紛紛逃亡日本。清軍因為控制了朝鮮王，所以能搶先控制全局，袁世凱也因此役聲譽鵲起。

親日派政變後，中日談判，日方以伊藤博文為全權大使，清廷以李鴻章為首席，簽訂天津條約。當時中國已經解決了中法戰爭，能夠和第二號列強相持不下，無疑提高了中國的聲勢，再加上李鴻章有意挫辱日使，所以這次的談判，使伊藤終生難忘。十年之後，伊藤回憶道：

前在天津，見李中堂之尊嚴，至今思之猶悸。

日本在朝鮮鬧事，本來有趁火打劫的意思，現在既然法國已退，自覺也討不到便宜，只得忍氣退兵。但伊藤仍諄諄告誡日人，中國現在雖一番振作，言官氣吞河嶽，但不用兩三年就會忘記了，正如西方人所說：「又睡去了。」

光緒二十年（一八九四年），雙方又因朝鮮東學黨暴亂而相持不下，但這時主客已經易勢。北洋海軍雖然只成軍七年，但已嚴重腐朽，連日常維持費用也被侵吞。主戰派主張派巨艦去日本示威，結果軍紀敗壞，隨意晾曬衣物，生活放蕩，更因喝酒鬧事與居民互毆，死傷數十人，器械保養也差，反而堅定了日人可以一戰的決心。

中、日兩國在日本維新以來，雙方以軍隊相持，已經有五次經驗了，對中國而言，這不過又是一次虛聲恫嚇，外交解決，要脅軍費而已。但對日本而言，卻是一忍再忍，終於來臨的決戰時刻，所以一經接觸，就勝負立判。

甲午戰敗，對中國內政、外交都產生了不可磨滅的影響。談了幾十年的「自強運動」被認爲不夠徹底，進一步要求「君主立憲」的維新黨人登場，想要模仿日本，而致富強。另外，孫中山先生的革命也在此時下定決心。

在外交方面，李鴻章親英政策動搖，改爲尋求對中國事務較爲「熱心」的盟國，結果墮入俄人詭計，簽訂密約，給與俄人鉅大利益。而俄人狡賴，不但沒有幫助中國抵抗其他列強（尤其是日本），反而趁火打劫，要求了許多權利。其他列強又「趁水行舟」，幾致瓜分中國，這是李鴻章最大敗筆。

日本卻挾其戰勝餘威，要求中國割地、賠款，又與俄國在東北相持，再戰而勝帝俄，終於躍登東亞新盟主的寶座。英國也改變其傳統不結盟政策，和日本簽下「英日同盟」，企圖藉日本遏阻德國在遠東勢力的擴張。一次世界大戰後，歐洲列強同時衰減，日人更獨步東亞，欺凌中國，視美、俄兩大新崛起之強國為眼中釘，最後掀起中日空前大決戰；吳相湘先生認為從甲午到抗戰，有其密不可分的地緣關係，其原因在此。

中日兩國，相鄰甚密，和則兩存，鬥則兩敗，其理甚明，國父孫中山先生以及先總統蔣公均已再三為文闡明。然而，日本雖遭二次大戰之慘烈教訓，勁道未衰，又於戰後迅速崛起，雄視東亞。戰後至今又逾五十餘年，日本好戰分子又逐漸抬頭，鼓吹「聖戰」不休，美化當年侵略四鄰的「光榮」歷史，日本未來的新悲劇能否及時遏阻，端看日本明智之士的努力了。

四、軍事改革的功過

李鴻章實爲中國軍隊改革的早期關鍵人物。他以軍事起家，甲午戰後，又以軍事失敗而退居較次要位置。以下就陸軍與海軍分別討論其軍事改革的功過。

陸軍的改革

衆所周知，李鴻章是靠淮上勇士與湘軍舊部所合組的淮軍起家，皖北淮河流域民風強悍，李鴻章曾在此地辦理團練多年，故所部也多半是當地勇猛慓悍的團練負責人。可是他們在家鄉，也不過和太平軍、捻匪等互有勝負；但到上海後，卻能屢次拒退強敵，進而反攻江蘇全境，甚至兵威及於浙江，被公認爲曾國藩旗下戰鬥力最強的部隊。

其中奧妙，就在於使用西式槍砲。李鴻章既到上海，得地利之便，觀察西式槍砲的威力，因而極力蒐購，並且講求品質和性能。是時，對手太平天國的忠王李秀成，也購置了不少洋槍，號稱「無敵」。李鴻章在同治元年（一八六二年）九月十二日給曾國荃的信中再三提到，李秀成軍中「牛芒鬼子」（閒散的洋人流氓）多，洋槍也多。所以主張把小槍隊（中國土槍）改爲洋槍隊，並按照洋槍好壞，分別爲天字號、元字號、萬字號。這些裝備使李鴻章此後成爲湘軍西式武器的供應站，屢次供應曾國荃、鮑超等軍隊西洋槍枝、火藥及彈匣。

天字號，是接近三八式步槍的型式，一次可裝填七發，有來福線，是當時各部隊視爲瑰寶的利器。湘淮軍其他著名大帥，也不過數百桿而已，而李鴻章則有數千桿之多。元字號爲單發來福槍，是次級品。萬字號則無來福線，單發後膛裝填，只比小槍（或稱鳥槍）稍微精密一點。

然而，像李鴻章這樣很快就承認洋槍威力的人，倒並不多見，即使是洋務中心人物，也多對洋槍持保留看法。李鴻章就曾多次爲了曾國藩不太相信洋槍威力而傷透腦筋，而有「師門（曾國藩）始不深信洋槍火藥爲利器」之牢騷。左宗棠也有「練兵之首要練心，其次練膽，而力與技其下焉者也」的說法，洋務專家薛福成也認爲步槍到了「後膛來福七響」已經到達瓶頸，難以再求改進。所以李鴻章獨步華夏，實有其道理，但因此不注意將領人品、帶兵心理等，也爲後來的失敗種下遠因。

洋槍雖利，效用終究有限，而攻城尤需要洋砲，李鴻章能屢克名城，即多靠洋砲之力。李鴻章早年的洋砲數量並不很多，程學啓有十二磅開花砲數門，劉銘傳有三十二磅開花砲二門，這是淮軍主要火力，所以概不外借。曾國荃攻南京城，想向他借用，李鴻章以砲小力弱，不能擊毀南京如此堅厚的城牆而推辭。後來曾國荃想自己建立砲隊，也因爲搜購費時而告放棄。

湘淮軍其他將領對洋槍砲，並不像李鴻章這麼熱心，一則是耗費不貲，二則是保養維護十分麻煩。李鴻章餉源充裕，而且絕不外借，後來又因保養、維修、製造彈藥而創設江南製造局，所以供應源源不絕，是其他各軍所望塵莫及的。

淮軍又聘洋人擔任教練，訓練西式基本教練，這對日後臨陣、指揮，當然有些幫助。不過服裝和軍制仍未更改，所以淮軍只能算是「半西化」的部隊。

湘淮軍並非清朝的正規軍，被視爲正規軍的是八旗和綠營。八旗是滿清崛起時的兵制，雖在乾隆時已經腐化不堪，但由於這是滿人的「根基」，所以不可能裁撤。他們所居住的地方叫旗營，自成一個小天地，與外界不太往來。所謂「旗兵」，已經完全沒有兵的樣子，每天提著鳥籠溜鳥，由於薪水極少，又不准改業，所以旗人的生活相當尷尬。

綠營的情況更糟，在太平天國崛起時，綠營一敗再敗，反不及各地團練、鄉勇來得有用。後來湘淮軍領袖一個個因爲軍功而升爲督、撫後，便大力裁撤綠營，以整頓爲名義，削減了三分之二到四分之三的綠營。所以，凡是太平天國、捻亂、回亂所騷擾過的地區，綠營都大爲削弱；未經戰火的地區，則仍然維持舊制，例如湘西、鄂西、四川的綠營，就一直維持到民國才終止。他們的紀律也很廢弛，只有每十天一次的點校（點卯，天干中的第四天），以及每年春、秋各一次的出操演習兩項任務而已。由於平日無事，兵士散失的很多，每次點名「應卯」，就成了一大奇景，到處找人頂替，發生許多趣譚。許多革命志士都是自幼目睹這些怪現象，才決心推翻滿清。

湘、淮軍原是團練，本來在亂事平定後就該裁撤，但是一則亂事衆多，前後蔓延三十多年，二則湘淮軍將領位高權重，全從軍隊中得來，不肯自剪羽翼。所以歷次朝廷下旨裁撤，多半成爲空文，不了了之。眞正有誠意裁撤的是曾國藩，他一旦解除兵權，附從者頓失所依，湘軍也流落四散，成爲嚴重的社會問題，晚清哥老會等祕密組織盛行，與裁兵關係密切。至於其他督、撫大員，每奉有旨意，就裁汰些老弱、異己充數。

另外，中外有事，奉旨出征，則又大肆招募。早期湘淮軍原是地緣性的軍隊，到後期只剩下將領和幹部仍保持地緣特色，其餘兵勇，早已因地制宜，就地招募了。如劉銘傳赴台，所帶的是「河南勇」，左宗棠赴陝甘，也在黃河沿岸募兵，成爲「有事則有兵」的狀況。赴前線，湘軍舊制是操練一個月，淮軍稍微加強，操練兩個月，在這種情況下，兵士的素質、操守、愛國心自然低落，不能和世界上的新式陸軍爲敵。

湘淮軍的軍費幾乎全靠釐金維持，太平天國平定後，湘淮軍既以種種原因而不能全撤，釐金也就繼續存在，成爲清末一大弊政。隨處可以徵收關稅，弄得貨不通行，物價高漲，經濟衰弱，這是湘、淮軍不能制度化，所造成的另一惡果。稅收一旦成立，撤銷也很困難，到湘淮軍完全消失之後，釐金仍繼續存在約三十年，在北伐之後，才告取消。

甲午戰後，淮軍大敗，舉國目光所集，在於籌練「新軍」。這種新式陸軍，原是爲打破「兵爲將有」的個人色彩而籌練的「國軍」和「省軍」——就是中央軍和地方軍。但是經費無著，仍由督、撫們各自設法，所以又成了督、撫們的私人武力。尤其是「中央軍」的練兵權由直隸總督、北洋大臣兼領，造成後來的北洋軍閥亂國局面，這是清朝留給民國最嚴重的後遺症之一。

海軍創建與窘狀

中國近代海軍的創建，大致分爲兩條路線進行，一派叫做造艦派，一派叫做購艦派。造艦派以左宗棠爲主，左宗棠在閩浙總督時期，創建馬尾造船廠，利用法國的技術生產自己的艦隊。由於尚在摸索期間，不免發生若干浪費、效率不彰等現象，主持人左宗棠自己也轉往陝甘，船廠改由沈葆楨主持，飽受杯葛。後來在中法之戰毀於砲火，以後雖恢復生產商船，但重要性大減。

購艦派則肇始於恭親王，後來在李鴻章手中完成的北洋艦隊集其大成。恭親王購艦的想法，得自於一個年輕的英國冒險家——李泰國（H. N. Lay）。李泰國的父親喬治，原是英國駐廣州的第一任領事，所以他少年時就到中國學習中文，是英國少數的「中國通」。後來擔任上海副領事時，正好上海縣被小刀會占領，李泰國就兼管「江海關」，英法聯軍在北京的談判，李泰國因爲懂中文，使得清廷的交涉大臣備受窘迫，答應了公使駐京的要求。和約完成後，他就因功升爲海關總稅務司，這時候李泰國只有二十六歲。

風雲際會，使得年少氣盛的李泰國青雲直上，但是他的野心不止於此。他希望能控制這個廣土衆民的大帝國，步冒險家萊伍（征服印度的英國總督）的陳跡，以少數人建此奇勳。於是他向恭親王建議，中國國土廣大，人口衆多，卻在戰爭中受制於少數外國人，完全是缺少新式軍艦所致，他願意負責購買一支英國皇家艦隊，保護中國海疆。不久，李泰國與英國海軍船長阿斯本簽約，並令他率領一支八艘戰艦的艦隊前來中國。

李泰國在合約中，任命阿斯本爲中國唯一的海軍統帥，只聽命於代表中國皇帝的李泰國，並要求在北京設立海軍衙門，由李泰國身兼海軍和海關兩大權力。如此，則李泰國可以脅制北京，艦隊成爲他私人的傭兵。這條件當然爲恭親王所拒絕，阿斯本僅被任命爲「幫同總統」（海軍副司令），應受所服役海軍的督撫管轄。

阿斯本見待遇與原先合約不合，便將艦隊退回解散，李泰國也在這次事件中被迫退休，中國付給他一萬四千英鎊退休金，艦隊遣返的費用則高達五十五萬英鎊，也算是飽掠而去。

經過這次事件，中國購艦的想法爲之一挫。十一年後，日艦逼迫台灣，才再度通過李鴻章購艦之議。這次的手法較爲完密，先設立天津水師學堂，培養能操作船隻的幹部，然後才開始接艦、購艦，又過了十年（光緒十年，一八七四年）北洋海軍才陸續服役。可是這個好光景只維持到光緒十四年（一八八八年），北洋艦隊成立後，不但不再添購新艦，連經常維護的費用也被侵奪殆盡。負責訓練海軍的英人琅威理也因細故受辱去職。

到中日甲午戰前，距北洋艦隊成立不過六、七年，北洋海軍卻已經腐朽不堪。李鴻章也私下表示，要敷衍到皇上親政再做打算。然而這時，世界造艦技術又大有突破，快速艦的時速，由以往的十五至十八海里，增加爲二十至二十三海里。艦砲也大爲增加，日本艦隊二十一艘之中，有九艘是光緒十五年（一八八九年）以後購置的，雖然在噸位總數上仍不及中國，但已有放手一搏的能力。

李鴻章在平時既不能進忠諫，到了舉國主戰時，卻深知不能戰，極力主和，因而不能獲得國人的諒解。當時的北洋海軍在表面上看來仍極壯觀。擁有主力艦定遠、鎮遠、經遠、來遠四艘；其實四艦之中，定、鎮二艦遲緩笨重，經、來兩艦造價偏高，效率又差，僅有十四門艦砲。其次是巡洋艦，有致遠、靖遠、濟遠、平遠；前三艘是北洋戰鬥力最佳的船隻，艦砲各二十三門，時速十八海里，其次超勇，揚威略次。此外砲船（鎮東、鎮西、鎮南、鎮北、鎮中、鎮邊）六艘，練習艦、輔助艦共六艘，水雷船六艘。但戰力如何，仍有待證實。

戰事爆發後，北洋海軍三戰三敗，最後全軍覆沒。先是運兵船高陞號的護航艦隊遇敵先逃，巡洋艦濟遠號也逃遁，廣乙艦（屬閩海艦隊）被逼擱淺擊沉，砲船操江號被俘，最後運兵輪高陞號也被擊沉。然而，北洋海軍仍飾敗為勝，詭稱擊中敵艦吉野號。

大東溝海戰，雙方以主力艦隊互拚，中國沉五艘，傷七艘，全軍傷毀殆盡，日艦也有五艘受輕重傷，但清軍將領仍以戰勝奏捷。北洋殘軍退入旅順大連再轉入威海衛整補，匿不敢出，一意避戰。這本是李鴻章的意思，希望能保全實力到戰爭結束，然而，日軍卻有旺盛的企圖心，攻下旅順天險三個月後，又襲擊北洋核心——威海衛。圍困多日，靖遠、來遠、威遠先後在港內被擊沉，水兵叛變，提督丁汝昌自殺，鎮遠及砲船共十艘降於日軍，北洋海軍自此全軍覆沒。事隔多年以後，在中國內陸許多地方仍相信前幾次奏捷的消息，認為中國在甲午海戰中大敗日軍，不得不令人嘆為傳播上的一大奇觀。

五、其他近代化建設

中國其他的建設，多附從於軍事，或者以軍事爲藉口推動起來的。例如爲了軍事的近代化，因而設立了江南製造局供應軍火彈藥；爲了培養軍事人才，設立武備學堂；爲了瞭解西洋學問，操作船砲，故研究物理、化學、機械等知識，並從事翻譯、出版。

除此之外，又有所謂四大政的說法，即輪船、開礦、鐵路、電信。因爲性質特殊，與國計民生關係深厚，需要龐大資金，演變成官督商辦的制度，歷百餘年而不能改。今日國營事業，公營事業均是其後裔，其效率低落，經營虧損，人事浮濫，常爲「政策」而犧牲「業務」，也與清末大致相同。然而，即使創建這樣的事業，也非易事，無不經過種種磨練，才能生存下來，以下分別而言。

輪船

自從英法聯軍之後，長江開港，美、英、法各國輪船公司相繼來華設立公司，爲了不使外人在華利益進一步擴張，遂有籌辦中國輪船公司之議。但是在倡議之初，仍以軍事為前提，說輪船「無事時可運官糧客貨，有事時裝載援兵軍火」，這倒是李鴻章的親身經驗。先後討論數年，沒有結果。

到了同治十一年（一八七二年），有人查奏福建船廠太過浪費，建議裁撤。李鴻章與沈葆楨商議，不如改建商輪，並兼漕運，於是籌辦招商局，由道員朱其昂負責。漕運由大運河運往北方，已經有一千多年歷史了，自從太平天國戰亂以後，運河失修，多處淤淺，漕運工作效率低落，於是撥出部分漕運工作歸新設的招商局負責。創建時只有官股二十萬串銅錢（約合五萬兩），向英國購買伊頓輪一艘，開始營業。

到了第二年，李鴻章決定大肆擴張，將招商局改組，由朱其昂、徐潤、盛宣懷、朱其詔擔任會辦。在開埠口岸，設立十九個分局，增資一百萬以上，並且超越漕運的範圍，開始經營客運與貨運，因而受到外國公司的抵制。又遇南北荒旱，客貨減少，經營兩年，虧損達六十多萬兩，已經無法維持，幸賴李鴻章緊急撥款五十萬兩，才得以紓困。

招商局營業的第四年，美國旗昌輪船公司不堪賠累，有意出售。因為該公司一向採開放政策，上海富商持有該公司股票者不少兼任招商局，所以力促併吞旗昌。後來由招商局總辦唐廷樞、徐潤（房地產起家，商界名人）等以二百二十萬購入旗昌所有碼頭、旅館、公司、輪船等資產，一時擴充數倍，成爲東亞最大的輪船公司。且與外國輪船公司怡和、太古等簽訂「標準價目」合約，從此擺脫削價競爭的困擾。由於多次陷入困境，全賴李鴻章撥款濟助，官股漸多，民股漸少，最後改爲官督商辦，由盛宣懷任督辦。此後雖有日本大東、日清等株式會社的強烈競爭，仍能屹立不搖，經歷戰禍動亂，生存至今。原屬直隸總督，北洋大臣管轄，郵傳部成立後，改隸郵傳部，後改爲交通部，直至今日，改組爲陽明海運公司，繼續其營運。

鐵路

開闢鐵路，穿山越嶺，隆隆有聲，土人訝爲怪物宜也！所以全世界的保守者都曾大聲疾呼，反對興造鐵路，中國素來保守，所以反對建鐵路的聲浪比其他新建設都大，困擾也最多。

光緒初年，外國人在上海試建一小段鐵路，受到輿論的強大壓力，賢明開通的沈葆楨也只好拆毀了事。光緒六年（一八八〇年），劉銘傳在台灣興建鐵路，李鴻章十分贊成，由於此地是新闢之地，人民勇於冒險嘗試新事物，傳統保守勢力稍弱，所以能夠順利完成。另外，李鴻章、劉銘傳主張一條貫穿南北、相當於津浦線的鐵路，則遭擱置。

光緒七年（一八八一年），李鴻章也在開平煤礦和唐山之間，修建一條長約二十里的鐵路，作爲運送煤礦之用。但是對於建築縱貫中國南北交通的大動脈，則不敢再堅持。李鴻章只能把這一條小小的運煤鐵路，向南北逐漸延長；南到天津、大沽，北到山海關，作爲必要時運兵之用。「無事則以商養路，有事則以路徵兵」，仍不脫「自強運動」一切以軍事爲主的色彩。

李鴻章的另一項計畫，是從天津建一條鐵路到北京東北方的通縣，並且籌措洋債一百萬元。此計畫遭受頑固分子的激烈反對，御史余聯沅首先發難，屠仁守、洪良品、徐會灃、翁同龢、奎順、游百川、文治等相繼響應，聲勢浩大，李鴻章只得倉皇退縮，醇親王也弄得灰頭土臉，不敢再議，計畫遂遭擱置。

到了光緒十五年（一八八九年），張之洞的表現，已經逐漸能與李鴻章抗衡。他所提的蘆漢鐵路計畫（就是後來的平漢鐵路）大受贊許，李鴻章雖提出種種張之洞計畫中缺漏之處，加以阻撓，但最後擱置延誤的主因，仍然是財力不繼。十年之後，中國仍爲蘆漢鐵路而一籌莫展，而外國列強在瓜分風潮之下，紛紛要求在自己勢力範圍之內築路。蘇杭甬（即後來的滬杭甬）、津鎮（即津浦）等鐵路計畫，均一一完成，中國今日的鐵路網面貌，也在那時大致形成。

後來，先是鼓勵民間購買鐵路股票，又以民股承購不足爲由，改行「鐵路國有政策」，使民股血本無歸，且大借外債，激起紳商忿怒，直接造成滿清滅亡。當時四川民情最激動，川漢鐵路也就不了了之，即使民國以後，也無人敢再提修築此路，但是，不築鐵路，對四川究竟是福是禍，也就很難去評估了。另外，爲了要建築鐵路，必須先從煉鋼、煉鐵、挖煤著手，張之洞在此也開創了他自己的不朽事功，雖然在摸索中有很多浪費、錯誤，但他終究也創立了兵工廠、鋼鐵廠等大企業。

開礦

十九世紀時，煤是主要的動力，輪船、軍艦、火車都要靠煤和蒸氣機來推動。列強在世界上爭雄，也無不處心積慮增加自己的供煤站，所以多次派遣探險家來華找尋礦藏，並向李鴻章要求准予開煤礦。

是時基隆、湖北荊門、安徽池州三處已經採用西式機械開採，李鴻章又素來傾心英國煤鐵之鄉、富甲天下的成就，所以主張在開平開採煤礦。仍由唐廷樞負責（原招商局總辦），先採集煤、鐵礦樣本，供英籍化驗師化驗，確定含礦量甚高，再聘請英國探礦師前來確定礦層的大小、深度。光緒四年（一八七八年）開始鑽探，在六十丈的地層中，採得高煙煤六層，各層厚度在兩尺到八尺之間，足夠開採六十年，所以決心開礦。其實，開平一帶，自古就有人在此開礦取煤，共有百餘井之多；不過不懂抽取地下水，所以無法深入，產量也很有限。如今大量開採，又築運煤鐵路（已如前述），產量足供招商局及北洋艦隊使用。李鴻章「自強事業」環環相依，不易動搖，是一大特色。另外，開平一帶也有鐵礦，不過由於李鴻章認爲煉鐵工程浩大，暫不考慮興工，故只從事含鐵礦石的輸出。

光緒十三年（一八八七年），李鴻章在黑龍江漠河地方開採金沙。漠河是我國最北的縣治，也是抵抗強俄的第一線，它的創設發展，與李鴻章有很大的關係。俄人侵略東北，由航行黑龍江著手，以木炭爲燃料，沿途伐木，航行小輪。從此黑龍江以北，烏蘇里江以東，不下數十萬方里的廣大土地，被俄人輕易奪去。此事距漠河金礦開採，不過二十年。

因爲俄境交通便利，生存較易，故中國流民到俄境謀生者漸多，且常常竄回國界，在漠河一帶取金沙，帶回俄界提煉。光緒十一年（一八八五年），黑龍江將軍奏報朝廷，派遣五百名兵士前往驅逐，並由吉林署理知府李金鏞前往探查金礦情形。另據駐歐使臣回報，俄京也準備大集資金，開採該地金礦。李金鏞送回的金沙樣本，經鑑定確實含有相當高的含量，於是決心開採。但據估計需要本金二十萬兩，而黑龍江將軍只能撥出三萬兩，即使加上吉林等地富商加股，也只湊到六、七萬兩，距目標甚遠。

於是，李金鏞求助於李鴻章。李金鏞是江蘇無錫人，在李鴻章剿太平天國時期，就追隨李鴻章，後來又擔任左宗棠糧務，辦理賑災、糧務、築堤等工程多年。淮軍將領吳大澂擔任吉林督辦時，李金鏞也隨往東北，擔任墾務及署理長春廳、吉林府等職。因為有這些淵源，所以李鴻章慨予商借十萬兩，金廠於是成立，李鴻章也成為漠河金廠的最大官股。

李金鏞的計畫，仿照俄國墾殖西伯利亞的辦法，建造兩艘輪船上下運送糧食、貨物。上起奇乾（黑龍江上游額爾古納河上，此地即蒙古人發源地），順流而下，經過漠河，一直航行到璦琿，可以上下連成一氣，共長七百多公里（約合華里二千多里）。並利用邊境原有的「卡倫」（少數民族擔任的邊界警衛崗哨），伐木製炭，供應小輪燃料，如此不但可免於依賴俄輪補給，更可與俄輪爭勝。但是這項計畫，在有關漠河金廠的後續報告中沒有進一步的記載，可能並未實現。

李金鏞的另一項計畫，是建一條由齊齊哈爾經墨爾根（即今嫩城）通往漠河的陸上通路。這條道路，如果穿越大興安嶺，山高林深，榛莽未闢，洪荒以來，人跡未至，共長一千五百里。如果由墨爾根沿嫩江上溯，穿過小興安嶺低平處到璦琿，再沿黑龍江上溯，則長一千九百里，但多利用水路，較爲易行。這兩項計畫雖然壯闊切實，可惜都未見下文。

如果李鴻章能更加支持東北的交通建設，充實東北，或許可以和左宗棠光復西北相互輝映。可惜李氏志不在此，始終以漠河金廠爲限，加上李金鏞壯志未酬，到任不到兩年，就咯血病死在金廠，其他襄助官員，也多半患咯血症而亡。李金鏞逝後，由他在吳大澂幕下時期的同事、候補知縣吳大任接掌，一切尚能維持。賴金廠爲生者，達數千人，員工數百人，且在黑龍江沿岸產金各地，紛紛開設分所，辦事處遠達天津、上海等處。雖工作只限於用機器抽水淘沙取金，但數年之間，得金六萬多兩，也算是不無功勞。然而，在辦理金廠請賞之時，卻反遭到吏部、兵部的交相指責，從此李鴻章對金廠興趣大減，但漠河屹立大興安嶺外，蔚爲邊防重鎮，也已經粗具規模。

此外，在光緒初年，華北屢次大旱、饑荒，人民流亡到東北、朝鮮、俄國境內者，不下數十萬人。這些移民，對東北的墾殖、貿易、交通等貢獻極大。以後俄、日交侵，東北仍屹立不搖，屢經戰禍，仍能回歸祖國者，這批移民功不可沒，否則遼河以北，眞不知誰家天下了。

電信

電信是以電波作爲通信的動力，在當時以電報爲主，後來又加入電話。電報因爲建設價格便宜，天津到上海不過幾十萬兩，台灣到福州也不過七、八萬兩，相當於購買一艘輪船的價錢。而且「和則以玉帛相親，戰則以兵戎相見」，對軍事情報的傳遞也十分便捷。再加上電報無聲無形，占地也小，所以反對力量較小，雖有少數特別頑固分子覺得礙眼，稱之爲「遍地生疔」，但勢力不大，故在各項建設中最爲容易。

即使如此，倡議設立電報的初期，仍遭到不少挫敗。先是沈葆楨在同治十三年（一八七四年）率軍渡台，與日軍對峙之時，深深感覺訊息傳遞不便，故大量倡議：

> 台洋之險，甲諸海疆，從前文報，恆累月不通。有輪船後，乃按月可達，然至颱風大作時，雖輪船亦為所阻，欲消息常通，斷不可無電報……

皇上也同意興建，不過因爲其他緣故，拖延了六、七年，仍無動靜。劉銘傳也建議從天津架設一條電報線到南京、上海，李鴻章不但贊成，並主張同時建造一條鐵路（相當於津浦鐵路）。結果鐵路因工程龐大而暫緩，電報卻順利開工。當時世界各國的電報線都已經接通上海，使臣從外國傳消息回國，也都用電報打到上海，但上海到北京，用輪船需要七、八天，用驛站則要十天。驛站原是中國在中古時代控御四方的利器，現在由於時代的改變，卻成爲可笑的遺跡。而且驛站的維持、保養也所費不貲，用電報取而代之，自是很自然的事。

南、北洋（津、滬）之間的電報，經李鴻章的大力支持，在光緒六年（一八八〇年）奏准，七年（一八八一年）五月動工，十月完成，立即作業，使各疆臣的意見迅速傳達，十分便利。並在同年公開召收民間資金，籌設各省、縣、市的電報業務，以前次架設電線的劉銘傳屬下兵士二百名繼續施工。同時設立電報操作員工的訓練單位，一時電報生成爲年輕人時髦的行業。

我國第一個爲革命而犧牲的烈士——陸皓東，在光緒十一年（一八八五年）和國父孫中山先生一同破除迷信，被鄉人驅逐，逃亡上海（孫先生逃亡香港習醫）後，就進入電報學堂。那年他才十七歲，畢業後派往蕪湖分局，並升爲電報領班，後來返鄉參加第一次起義而犧牲。

電報架設後，極受歡迎，地方督撫無不希望電報架到自己境內，以爭取訊息。所以幾年之內，電報線向內陸伸展，西到武漢、廣西等地，向外則伸展到朝鮮半島。中法戰爭期間，廣西、台灣線發揮功能；中日在朝鮮對立（也在同時），朝鮮線也建功不小。到了民國以後，各軍閥濫用電報，每每用電報互相叫罵，發表意見，電文蔚爲大觀，又是另一時代特色。

後記〔中國近代化的反省〕

李鴻章的重要性，並不因他個人的死而消失。他所倡建的招商局、電信局、郵政局等，仍然業務鼎盛，留學制度更改變了整個中國的面貌，這些影響將持續下去。而研究世界各民族如何適應「近代化」或「現代化」的課題，更成爲當今的顯學。

中國曾走過的路，不僅對其他民族有相當的啓示作用，而且內容複雜多變，資料極爲豐富，所以一直吸引了大批的中外學者。「自強運動」是中國對西方反應的第一期，李鴻章又身居「自強運動」的關鍵，至少有百分之八十的新建設與他有關，所以李氏也成爲重要的研究對象。

有人以反推法，認爲「自強運動」既在甲午戰爭中全盤失敗，就對綿長近四十年的「自強運動」痛加詆毀。另一些人，在接觸若干史料、外交文件後，深深感覺李鴻章的才幹、能力和見解，不僅超出當時一般官吏，即曾、左諸賢，也不得不避此人出一頭地。再加上朝廷的猜忌、同僚的攻擊、外人的脅迫等，對李鴻章的所作所爲頗多恕詞，甚至大加讚賞。

這兩極的看法，始終在既不相讓、也不交融的情況下同時存在，使得李鴻章成爲國史上「爭議人物」的典型。前一種看法多半是民族主義者和愛國者，後一種看法，則多爲專業的歷史學家、外交、政治史家。本書旨在大膽地指出，兩者的看法各有見地，也都不無偏頗之處。誠如梁啓超所説，李鴻章確實是晚清數十年間，官僚體制所產生最突出的人才之一。但是他爲了「適應」現實，也付出了過多的代價。賄賂的對象，上起太后、親王，下至太監、御史，最後竟嚴重腐蝕了自強的根基——海、陸軍。甲午之敗，創深痛鉅，李鴻章在創痛之餘，希望迅速彌補失去的遠東均勢，仿俾斯麥締造軍事同盟，與俄國締結密約，隨之帶來列強瓜分的連鎖反應，又引發國內志士群情激忿，起而救亡。

另一方面，針對「自強運動」的失敗，國內由康、梁爲首，發起君主立憲運動。君憲破滅後，內外相激，造成義和團之亂；八國聯軍時，清廷已無力抵抗，辛丑和約，距清亡不過十年。然而，清廷的滅亡，只是中國更大苦難的開始。中國近代化之路，愈走愈艱辛，但是，已經不可能再回頭了。

中西差距的由來

歷來憤忿之士，痛心疾首中國科學不發達，或指斥孔子（二千五百年）、或歸過秦皇、漢武（二千年），即使稍微保守，也談科舉誤國（一千四百年），或宋明理學（一千年）空談心性，有點像自己遭遇不幸，歸咎祖宗八代。其實，比較實證的研究，證明在明、清之際，中西科學知識差距不太大，直到雍正禁教（天主教），乾隆拒絕外國遣使，問題才開始嚴重化。

牛頓出版他萬有引力的《原理》，是在一六八七年（康熙二十六年），次年他當選了英國皇家科學院院士。整個十八世紀歐洲的進步一日千里，孟德斯鳩的《法意》、盧騷的《民約論》、亞當史密斯的《原富》都在乾隆年間出版。工業革命從乾隆三十二年（一七六七年）改良紡織機開始，接著蒸氣機、煉鋼爐、輪船、火車、發電機等，先後在七十多年間陸續問世。在政治變動方面，美國獨立於乾隆四十一年（一七七六年）、法國革命於乾隆五十四年（一七八九年），英國的議會政治也在這個期間經過一而再、再而三的蛻變，大有一日千里之勢。

反觀中國，雖有康、雍、乾三朝的全盛，版圖之廣，擴及滿、蒙、新疆、西藏，僅次於元朝；文化方面，有乾嘉考證學派、桐城古文，收集《四庫全書》等活動，但比起歐美的劃時代進步，仍不免相形失色。

中西隔絕的一百年（整個十八世紀）是一段關鍵時期，前中央研究院近代史研究所所長郭廷以先生稱之爲「中國現代化的延誤期」，等到十九世紀中葉，中西兵戎相見，中國不免瞠目結舌，不知如何應付了。

永不休止的改革

鴉片戰爭中英恢復接觸，並從廣州擴張到新開放的五個港口；尤其是上海，位於長江出海口，又是長江三角洲江蘇、浙江的貨物吞吐口，發展得最快。洋人很有自信，認爲自己站在時代的尖端，從這幾個小據點，很快就可以影響整個龐大的中國。

誠如眾所周知的改革三階段，第一階段是器物的改革，第二階段是制度的改革，第三階段是文化意識的改革。而第一階段之中，也有輕重緩急之分；日常用品的布料、鐘錶、菸草阻力最小，但是如果要修建鐵路、電報，則常因「茲事體大」而遭群起反對。整個「自強運動」，主要就在推動大規模的物質建設，並特別注重與軍備有關之事。它的目的在於維護第二階段（制度）和第三階段（文化）的不受干擾。弔詭的是，所有反對的理由，卻也都爲了同樣的目的，認爲新的物質建設會逐漸動搖制度、倫理道德和社會秩序的根基。

反對者的顧慮固然有些道理，可是無船無砲，卻是燃眉之急，所以購船置械仍能第次進行。雖然有些洋務家如薛福成、馬建忠、丁日昌、郭嵩燾等，主張進一步的改革，但都被認爲「有二心於夷狄」痛斥一番。

日本的「明治維新」能夠迅速成功，其重要原因之一，是爲數龐大的武士群體（貴族的底層），藉此得以有新的使命（重振天皇）和新的出路（從軍），所以風起雲湧，不可遏抑。康有爲是首先發現這種現象的人，他認爲可以利用相同的模式，在中國再做一次。中國自古以來，科舉制度每隔一百多年，就會發生壅塞現象。即使考試成績優異者，也無法派任「實缺」，只好靠鑽營捐官求生，而使官場風氣迅速敗壞。當時捐官已達百分之五十五，情況相當嚴重，即使如胡林翼這樣優秀的進士二甲出身，也要賦閒多年，「捐納」幾千兩，才能分發到廣西窮鄉僻壤任職。其他肥美之區需索的數量更可想而知，所以清寒的秀才、舉人們怨氣沖天，與日本武士無出路的情況相同。甲午戰敗後，康、梁的「公車上書」運動鬧得震天價響，就是利用這股聲勢，作爲制度改革的本錢。

但是，改革愈逼近核心，阻力和反擊力也愈大（殷海光先生語）。更何況康、梁上台第一件事就是廢除科舉，這是對自己「政治資源」致命的一擊；逼太后退隱，更是一項重大危機，所以不過百日，又倉皇失敗。君主立憲的理想旋起旋滅，比起自強運動尚能支持數十年，不可同日而語。

一代又一代的改革者前仆後繼，即使失敗也沒人願意回頭，因爲回頭必無生路，只有用更猛烈的藥方，做更激烈的改革。第一個覺悟到清廷不可作爲改革主體的人是中山先生。對廣大的中國仕紳而言，孫先生是一個眞正的局外人，他雖有「醫學博士」頭銜，但對科舉時代的仕紳們而言，這絲毫沒有「公信力」。自強運動的首領，不是親王就是大學士，曾、李、胡是兩榜進士，李鴻章、曾國藩都出身翰林院，清高極矣，又功蓋當世，所以大家十分佩服。康、梁之輩已經大不如前，康有爲勉強得了一個進士，梁啓超不過是個「舉人」，又毫無功業，老先生已經覺得是野狐禪。所以中山先生奮鬥多年，許多革命志士，在和中山先生見面以前，都認爲他是「草藥郎中」。民國以後，遺老們對這個「賣藥的」竟然當國，仍覺不可思議；寧可相信擔任北洋大臣、直隸總督多年的袁世凱，或許還「可靠」些。

民國政局落入北洋軍閥手中，又迅速敗壞，於是有最後的改革——思想改革。胡適之、陳獨秀等人在民國八年發起的白話運動和五四愛國運動結合，對中國的歷史、家庭、社會、語文抨擊不遺餘力。而另一個更偏激、猛烈的思想——社會主義和中國共產黨，也在此時萌芽。所謂「病急亂投醫」，更大的痛苦必須用更大的承諾來平衡，至於這些承諾究竟能否在世上實現，就不是大家所關心的問題了。

三十年後，共產黨竊據大陸，又封鎖所有對外孔道，成爲一個「自閉」的社會，被遠拋在世界潮流之外，中國復興的理想似乎更遙不可及。然而，中國自有它療傷止痛、死而復甦的本領，在歷劫之後，重新振作也未嘗沒有可能，台灣的生機蓬勃，大陸也逐步開放，將來的發展仍令人期待。

妥協與爭鬥

長江後浪推前浪，後人之視前人，總覺得步履緩慢遲疑，所以原來的改革先鋒，很可能成爲後人譏誚的「反動」、「落伍」或「保守」的代表。梁啓超在《論李鴻章》中著名的評語就有這個味道：

知有兵事而不知有民政，知有外交而不知有內務，知有朝廷而不知有國民。

梁啓超的評語固然相當高明，然而，所有的改革必須根植於傳統，只有和傳統密切結合的改革，才能「可大可久」，否則一陣浪潮過後，又將歸於原狀。在中國古代最常用的辦法，便是「以古論今」——推崇古以有之。從孔、孟以來，這種辦法就一直歷久不衰。王莽改制，託言《周禮》；康有爲《大同書》，也以《春秋》爲根源；薛福成推崇鐵路，更舉諸葛武侯「木牛流馬」相比，並將世界大勢相比於春秋、戰國等。

而「自強運動」的領袖，卻都比較開明，大致承認這些東西並非「古已有之」；李鴻章更強調這是「三千年來一大變局」，這種見解、眼光，已非一般人所能及。他的全盤改革計畫，實踐了多少，又有多少與現實妥協掉了，倒是值得我們關心。

他的全盤計畫，可以從同治十三年（一八七四年）「籌議海防摺」中得到整體印象：

㈠練新式陸軍十至十二萬人。

㈡成立東、南、北洋三艦隊，合計四十八艘。

㈢放棄西北；「徒收數千里之曠地，而增千百年之漏卮」。

㈣開礦補助軍需。

㈤開放種植鴉片，抵制洋人鴉片的進口。

㈥改革「武舉」，創立專門學校，培養新式人才。

在這計畫中，第一項關係國家命脈，清廷固然不敢交給李鴻章辦，當然也不敢交給左宗棠（左氏也有類似主張，也不了了之）。拖延二十多年，最後交給袁世凱，清廷也因「太阿倒持」而亡。而在李鴻章時代，仍以變相存在的淮軍，算是抵禦外侮的主力。

第二項，只完成了北洋艦隊一支，已經不能維持了，距原訂目標甚遠。第三項，因爲左宗棠西征，曾紀澤等人交涉成功，李氏的「高見」幸而沒被接納。第四項，李鴻章雖然努力開礦，但並不能生財。自強運動的主要經費來自海關，而海關收入原是兩千年來皇上的私人收入，五口通商以後才撥歸政府使用，所以後來慈禧動用這筆錢，實有其歷史淵源。事實上，李鴻章所建立的一切商務機構都不能「賺錢」，只是爲數以萬計的「員工」謀差事罷了；績效既差，籌辦者卻一個個賺得肥滿，所以招致批評最多。李秉衡（頑固派，在義和團時仇視外人）便說：

試觀近數十年，凡專辦交涉之事，侈言洋務之利者，無不家貲千百萬，昭昭在人耳目，究之其利在公平？在私乎？

第五項，雖然沒有人願意贊成，但最後消滅鴉片進口的，仍然是這種不太光明的辦法——民間大量種植，獲利甚豐的「土菸」取代了「洋菸」，至於第六項，因爲不敢明目張膽地改革科舉，所以設立「專門學校」云云，但所畢業的學生，仍然打不進「正統」的圈子，所以，所訓練的人才也多半散去無用。

改革與傳統，本就是既聯合又鬥爭的事。糾結不清，常常需要妥協。但妥協太多了，又往往失去改革的初衷，眞是兩難的局面。看看李鴻章的改革計畫，和他後來所作所爲之間的差距，可知改革經過無數次修改、妥協後，不免面目全非了。

世界秩序的困惑

中國本是世界上最強大的國家，秦皇、漢武、唐宋風流，永遠在中國人心頭閃爍，過去的輝煌與如今的貧弱卑辱，令人難堪。至於西洋人所謂「弱肉強食，適者生存」的理論，中國人雖然力不能勝，但心並不嚮往之。因爲在中國人心目中的世界秩序，是「濟弱扶傾」的大同境界。所以中國人即使在自己衰弱之際，仍時時不忘對世界的責任。如國父孫中山先生主張結合世界上所有被壓迫之民族，康有爲之《大同書》，清廷在自身萬分困難情況下，仍不吝指導朝鮮革新，凡此種種，都是這種情緒的反應。唯有把中國的復興寄望到更高尚的情操上，奮鬥的目標才更有價值。這是近代所有中國改革者共同的特色。

然而中國菁英們百餘年來前仆後繼，流血流汗仍不能使中國大步邁進，其故安在？思想家們認爲，百家爭鳴之餘，互不相讓，堅持己見，各行其是才是失敗的主因。基本上所有的改革者都是愛國者，但他們的努力卻經常方向不一，甚而互相牴觸。故而先輩定思考方向，並做適當的溝通，以期合力推動時代的巨輪，應該是政壇新生菁英們首要學習的課題。

附錄——年表

年號	西元	年齡	事蹟
清宣宗道光三年	一八二三年	一歲	李鴻章出生；本名章銅，字漸甫，號少荃。
清宣宗道光十年	一八三〇年	八歲	美國第一個來華的傳教士公理會傳教士裨治文抵達廣州。
清宣宗道光十二年	一八三二年	十歲	英國船隻侵入內河，被逐。
清宣宗道光十四年	一八三四年	十二歲	律勞卑事件爆發，清廷斷絕對英往來，驅逐英國在華船隻。
清宣宗道光十五年	一八三五年	十三歲	英船侵入劉公島海面。
清宣宗道光十六年	一八三六年	十四歲	義律繼任英國駐華商務監督。
清宣宗道光十七年	一八三七年	十五歲	洪秀全創立「拜上帝會」。
清宣宗道光十八年	一八三八年	十六歲	清廷派遣欽差大臣林則徐赴廣東禁

			菸。
清宣宗道光十九年	一八三九年	十七歲	林則徐沒收英人鴉片，在虎門銷毀鴉片。 外國人在澳門創辦第一所西式學校馬禮遜學堂。
清宣宗道光二十年	一八四〇年	十八歲	由於林則徐查禁鴉片，鴉片戰爭開始，英軍進犯廣州被擊退，旋攻陷定海，侵犯乍浦，兵臨天津。
清宣宗道光二十一年	一八四一年	十九歲	靖逆將軍奕山發動廣州之役，英軍攻占虎門，逼近廣州，簽訂廣州和約。 平英團在三元里打擊英軍。 英軍攻占廈門、定海、寧波。 林則徐被流放伊犁。
清宣宗道光二十二年	一八四二年	二十歲	英軍攻占吳淞、鎮江，進攻南京。

清朝紀年	西元	年齡	事件
清宣宗道光二十三年	一八四三年	二十一歲	中國代表琦善與英國樸鼎查簽訂「南京（江寧）條約」，開不平等條約之端。 魏源發表《海國圖志》，首倡「師夷長技以制夷」。 中、英簽訂「五口通商章程」和「虎門條約」。 英在華通商口岸設置領事，爲外國在華設置領事之始。
清宣宗道光二十四年	一八四四年	二十二歲	中、美簽訂「望廈條約」，中、法簽訂「黃埔條約」。 馮雲山在廣西紫荊山區創建「拜上帝會」。
清宣宗道光二十五年	一八四五年	二十三歲	廣州人民第一次反對英人入城運動。

清宣宗道光二十七年	一八四七年	二十五歲	英駐上海領事巴富爾創設英租界，爲外國在華設立租界之始。 李鴻章師事曾國藩，學習義理經世之學。 洪秀全到紫荊山區，制定十款天條約束會員。
清宣宗道光二十九年	一八四九年	二十七歲	俄人要求在伊犁、塔爾巴哈台、喀什噶爾三地通商。 俄人進入庫頁島、混同江一帶。 葡萄牙驅逐清駐澳門官員，強占澳門。
清宣宗道光三十年	一八五〇年	二十八歲	太平天國洪秀全在金田叛亂，以「團營」令聚眾，建立「聖庫制度」。
清文宗咸豐元年	一八五一年	二十九歲	太平天國洪秀全自稱天王，太平軍

			攻占永安，建立太平天國政權。
清文宗咸豐二年	一八五二年	三十歲	太平軍馮雲山於全州負傷敗死。 太平軍進入兩湖，攻占武漢。 清廷任用曾國藩在湖南督辦團練，建立湘軍，成爲鎮壓太平軍的主力。
清文宗咸豐三年	一八五三年	三十一歲	太平天國定都天京，頒布「天朝田畝制度」，發動北伐和西征。 「小刀會」在福建南部及上海等地起義（一八五三～一八五八年）。 捻亂開始（一八五三～一八六八年）。
清文宗咸豐四年	一八五四年	三十二歲	廣東天地會起義（一八五四～一八六一年）。
清文宗咸豐五年	一八五五年	三十三歲	太平軍北伐失敗。

清文宗咸豐六年	一八五六年	三十四歲	各地捻匪在安徽雉河集會盟，共推張樂行爲盟主，號稱「大漢盟友」，制定「行軍條例」。 太平軍攻破清軍江北大營和江南大營。 廣東水師緝獲亞羅號船私販鴉片，英國藉此向中國挑釁。 太平天國發生韋昌輝叛變和石達開分裂事件。
清文宗咸豐七年	一八五七年	三十五歲	第二次鴉片戰爭（一八五七～一八六〇年），英、法聯軍攻陷廣州。
清文宗咸豐八年	一八五八年	三十六歲	英、法聯軍攻陷大沽，強迫清廷簽訂「天津條約」。 太平軍李秀成和陳玉成在安慶大敗清軍。

清文宗咸豐九年	一八五九年	三十七歲	俄國強迫清廷簽訂「瑷琿條約」。 野心政治家袁世凱出生。 李鴻章入曾國藩幕府。
清文宗咸豐十年	一八六〇年	三十八歲	英、法聯軍再度攻陷天津及北京，大肆劫掠圓明園藝術珍品後，英使額爾金下令放火焚毀。 慈禧太后與咸豐皇帝避難熱河。 清廷被迫與英、法、俄等國簽訂「北京條約」。 太平軍攻上海，美國人華爾創建之洋槍隊協助清軍失利。 清末洋務運動（一八六〇～一八九四年）。
清文宗咸豐十一年	一八六一年	三十九歲	清廷在北京設置「總理各國事務衙門」，外國公使進駐北京。

清穆宗同治元年	一八六二年	四十歲	「同治中興」，慈禧太后在北京發動政變，兩宮太后開始垂簾聽政。 曾國藩飭李鴻章在安徽招募淮勇，仿照湘軍編練淮軍，協助圍剿太平軍。 中國自辦第一所新式學校「同文館」。 太平軍英王陳玉成被誘捕，後於河南延津處死。
清穆宗同治二年	一八六三年	四十一歲	西北回民叛亂（一八六三～一八七三年）。
清穆宗同治三年	一八六四年	四十二歲	天京失守，太平天國革命運動失敗。 新疆維吾爾人叛亂（一八六四～一八七八年），英國勢力侵入新疆。

清穆宗同治四年	一八六五年	四十三歲	捻匪張宗禹在山東曹州殲滅僧格林沁部隊。 「江南製造總局」在上海成立。 清廷向英國借債一百四十三萬餘鎊，爲中國借貸外債之始。 欽差大臣曾國藩督領湘、淮、綠營各軍剿捻，李鴻章繼任兩江總督。
清穆宗同治五年	一八六六年	四十四歲	捻匪分爲東、西兩路流竄，曾國藩命李鴻章、曾國荃分頭進剿。 福建馬尾船政局成立，爲中國新式軍事造船之始。
清穆宗同治六年	一八六七年	四十五歲	清軍平定東捻。 浩罕酋長阿古柏勾結英國，占據喀什噶爾。 崇厚奏准在天津設立「天津軍火機

			器局」，後由李鴻章接辦改稱「天津機器製造局」。 清廷派遣美國卸任公使蒲安臣出使歐美各國。
清穆宗同治七年	一八六八年	四十六歲	清軍平定西捻。 四川爆發西陽教案。
清穆宗同治九年	一八七〇年	四十八歲	天津教案爆發。 李鴻章繼任曾國藩直隸總督。
清穆宗同治十年	一八七一年	四十九歲	俄軍侵占伊犁。
清穆宗同治十一年	一八七二年	五十歲	上海輪船招商局成立。 清廷派遣第一批留學生赴美。
清穆宗同治十二年	一八七三年	五十一歲	日本及各國使臣在紫光閣覲見愛新覺羅載淳，並呈遞國書。
清穆宗同治十三年	一八七四年	五十二歲	日本侵台，中、日簽訂「北京專約」承認琉球歸日本保護。

清德宗光緒元年	一八七五年	五十三歲	左宗棠奉旨西征，決意收復新疆。
清德宗光緒二年	一八七六年	五十四歲	左宗棠率軍進入新疆，攻克烏魯木齊。 中、英簽訂「煙台條約」，就光緒元年英人馬加理在雲南被殺的涉外糾紛，賠款道歉。 英商怡和洋行所屬英淞道路公司修築松滬鐵路。
清德宗光緒三年	一八七七年	五十五歲	左宗棠攻克吐魯番和天山南路東四城，阿古柏兵敗自殺。 盛宣懷贖回松滬鐵路，並將其拆毀。
清德宗光緒四年	一八七八年	五十六歲	左宗棠攻克天山南路西四城，平定新疆。 李鴻章創辦開平礦務局。

清德宗光緒五年	一八七九年	五十七歲	崇厚與俄交涉伊犂歸還問題，商訂喪權辱國的「里瓦幾亞條約」，後被革職查辦。美國基督教聖公會在上海成立聖約翰書院。
清德宗光緒六年	一八八〇年	五十八歲	電報局成立，架設陸路電線。曾紀澤使俄，代替崇厚重新交涉伊犂歸還事宜。
清德宗光緒七年	一八八一年	五十九歲	中、俄簽訂「伊犂條約」，清廷收回伊犂。開平礦務局開始修建唐胥鐵路通車，爲我國自建鐵路的先導。
清德宗光緒八年	一八八二年	六十歲	黑旗軍在越南河內附近擊敗法軍。清廷出兵朝鮮。中、俄簽訂喀什噶爾界約。

清德宗光緒九年	一八八三年	六十一歲	上海源昌機器五金廠成立。 「紙橋大捷」，黑旗軍大敗法軍，擊斃北圻法軍司令李維業。
清德宗光緒十年	一八八四年	六十二歲	中、法戰爭（一八八四～一八八五年）開始，法軍攻擊台灣、澎湖，均被擊退。 新疆改設行省，劉錦棠爲首任巡撫。
清德宗光緒十一年	一八八五年	六十三歲	清將馮子材在鎮南關擊敗法軍，收復諒山。 李鴻章與法使巴德諾簽訂「中法和平條約」，承認法國控制越南。 日本派遣伊藤博文赴華談判朝鮮問題，簽訂「天津條約」。 李鴻章創立天津武備學堂。

清德宗光緒十二年	一八八六年	六十四歲	清廷創設海軍衙門，由李鴻章主持。清廷改福建巡撫爲台灣巡撫，劉銘傳爲台灣首任巡撫，次年台灣正式改設行省。「中英緬甸條約」，清廷承認英國控制緬甸。
清德宗光緒十三年	一八八七年	六十五歲	清廷命李鴻章開辦漠河金礦。「中葡草約」在北京簽訂，葡萄牙正式併吞澳門。
清德宗光緒十四年	一八八八年	六十六歲	英國征服印度後，首次發動侵藏戰爭。北洋海軍編練完成，丁汝昌爲北洋提督。
清德宗光緒十五年	一八八九年	六十七歲	清廷興築蘆漢鐵路。

清德宗光緒十六年	一八九〇年	六十八歲	「中英印藏條約」，中國承認英國控制錫金。 湖廣總督張之洞將籌備中的廣州槍砲廠移設漢陽，更名湖北槍砲廠。
清德宗光緒十七年	一八九一年	六十九歲	俄軍侵入帕米爾，致使中、俄存在帕米爾未定界問題。 熱河金丹教起事，李國珍自稱掃北武聖人。
清德宗光緒十九年	一八九三年	七十一歲	英國強迫清廷開放西藏亞東爲商埠。
清德宗光緒二十年	一八九四年	七十二歲	中、英簽訂「中緬邊界條約」。 甲午戰爭（一八九四～一八九五年）爆發，中、日海軍決戰黃海，旅順、大連等地失陷。 孫中山上書李鴻章，在檀香山成立

清德宗光緒二十一年	一八九五年	七十三歲	興中會。 北洋艦隊全軍覆沒，提督丁汝昌服毒自殺。 中、日簽訂「馬關條約」，割讓遼東半島、台灣及澎湖諸島。 俄、德、法三國聯合干涉日本，歸還遼東半島。 袁世凱奉命在天津小站編練新式陸軍。 康有爲「公車上書」，聯合在京會試舉人，力主拒絕與日本議和。 孫中山廣州起義失敗。
清德宗光緒二十二年	一八九六年	七十四歲	清廷創辦郵政。 李鴻章出使俄國簽訂「中俄密約」，並赴歐美各強國遞交國書。

清德宗光緒二十三年	一八九七年	七十五歲	中、英第二次簽訂「中緬邊界條約」。 中國通商銀行在上海成立，爲中國近代銀行的肇始。 英國強占雲南野人山一帶地區。 德國藉口兩教士被殺侵占膠州灣，俄國侵占旅順、大連。
清德宗光緒二十四年	一八九八年	七十六歲	「膠澳租界條約」，德國強租膠州灣九十九年，並強占青島及附近地區。 俄國強租旅順、大連，英國強租威海衛、九龍半島。 英、俄、德、法、日等列強在中國劃分勢力範圍。 「百日維新」，愛新覺羅載湉下詔變

			法，實行維新，持續百日即被推翻。 慈禧太后發動宮廷政變，光緒被幽禁於瀛台，推翻新政，戊戌六君子被誅於北京菜市口。
清德宗光緒二十五年	一八九九年	七十七歲	美國提出侵略中國的「門戶開放政策」。 義和團反對帝國主義的愛國運動開始。 法國強租廣州灣 李鴻章任兩廣總督。
清德宗光緒二十六年	一九〇〇年	七十八歲	八國聯軍攻占天津、北平，慈禧太后和光緒帝逃往西安。 俄國強占我國東北。 唐才常在湖北組自立軍，起義勤王

清德宗光緒二十七年	一九〇一年	七十九歲	失敗被殺，鄭士良在惠州起義失敗。 慈禧太后在西安下詔變法，施行新政。 兩江總督劉坤一、湖南總督張之洞違抗宣戰諭令，與各國駐上海領事簽訂東南互保條款。 李鴻章代表清廷與各國使節簽訂「辛丑條約」，清廷派大臣赴德、日謝罪。 李鴻章病逝，謚號文忠；死前推薦袁世凱替代自己。 清廷將總理各國事務衙門改爲外務部。 袁世凱任直隸總督兼北洋大臣。

清廷廢大阿哥，慈禧太后和光緒帝回北京。

他用雙腳走出
胸中的世界，佛法的慈悲

★誠品書店中文人文科學類暢銷榜
★星雲法師／封面題字／專序推薦

驚險奇趣，道理深微，

比《西遊記》更真實的
一千四百年前，
中國最偉大的旅行家、
翻譯家與求道人
玄奘（唐三藏）歷險故事
融佛理、經典、遊記、
歷史掌故於一爐

◎隨書附錄弘一法師《心經》手稿、玄奘西行地圖、玄奘年表等珍貴資料精美拉頁。

《玄奘西遊記》 錢文忠◎著 定價 499

繼易中天《品三國》、于丹《論語心得》、《莊子心得》、劉心武《揭祕紅樓夢》後
大陸央視「百家講壇」2007年全新開講內容，再掀收視率與話題高潮新作！

INK PUBLISHING 舒讀網
http://www.sudu.cc
洽詢專線（02）2228-1626
郵政劃撥 19000691 成陽出版股份有限公司

一統天下 **秦始皇**
郭明亮◎著 220元

狡詐權臣 **王莽**
張壽仁◎著 230元

三國梟雄 **曹操**
吳昆財◎著 200元

巾幗雄心 **武則天**
康才媛◎著 260元

四朝宰相 **馮道**
林永欽◎著 240元

功高震主 **岳飛**
楊蓮福◎著 200元

文武兼治 **張居正**
邱仲麟◎著 270元

海上遊龍 **鄭成功**
周宗賢◎著 200元

教主天王 **洪秀全**
藍博堂◎著 240元

功過難斷 **李鴻章**
張家昀◎著 270元

華北霸王 **馮玉祥**
張家昀◎著 280元

舊朝新聲 **張之洞**
張家珍◎著 220元

12冊特價1999元（原價2830元）

三十功名塵與土
一將功成萬骨枯

多少君臣將相，或開創帝業，或權傾朝野，或擁兵率軍，或擘畫改革；在太平與戰亂、興盛與衰亡中創造歷史，忠奸成敗，功過是非，留下不朽的功業和萬世的罵名。他們毀譽參半，褒貶不一，在謳歌讚揚與羞辱唾棄中擺盪，是可敬可愛，也是可憎可厭的爭議人物。

本系列的每本書以兩大部分呈現，第一部分為人物傳記，第二部分為是非爭議之處，針對爭議的主題來論述；因而不僅僅是人物傳記，它也是一部心理分析叢書，巨細靡遺地分析十二位在歷史上備受爭議人物的愛恨情仇及人格上的優缺點，希冀以歷史事實的敘述，加以探討，從中得到啟發。也讓我們逆向思考、反觀過去所讀的歷史，重新定義、評斷這些歷史人物的所作所為。

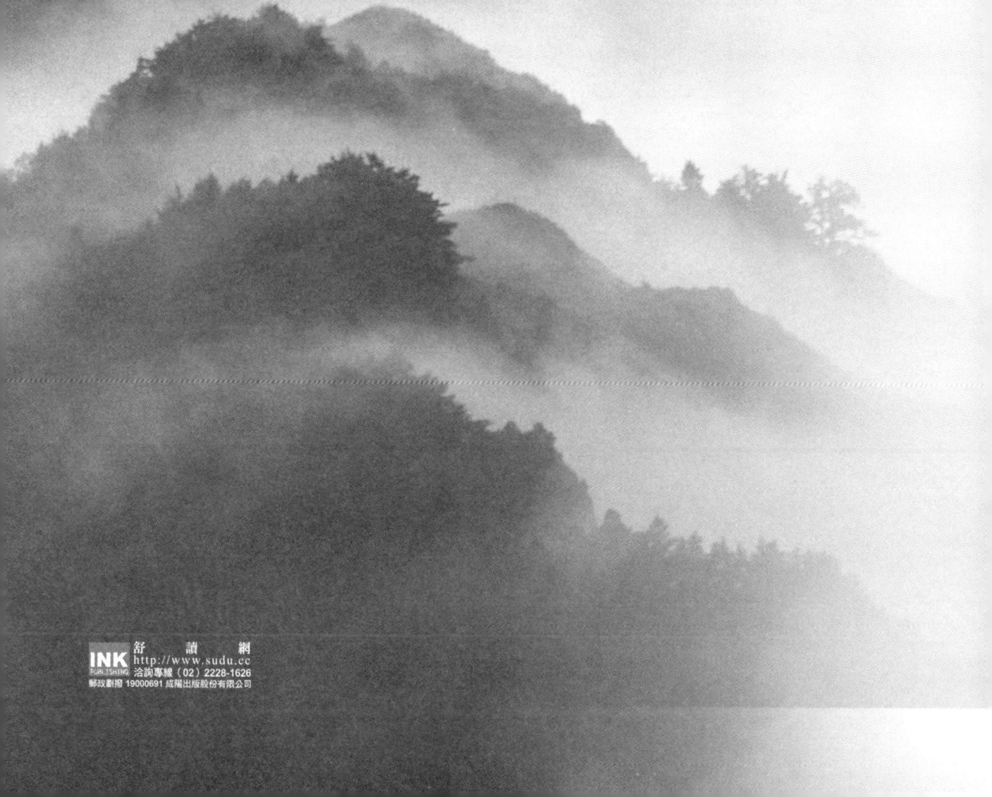

INK PUBLISHING 舒讀網
http://www.sudu.cc
洽詢專線（02）2228-1626
郵政劃撥 19000691 成陽出版股份有限公司

INK PUBLISHING

從前 11

功過難斷：李鴻章

作　　者　張家昀
總 編 輯　初安民
叢書主編　鄭嫦娥
美術設計　莊士展
校　　對　林其煬　呂佳真

發 行 人　張書銘
出　　版　INK印刻文學生活雜誌出版有限公司
台北縣中和市中正路800號13樓之3
電話：02-22281626
傳真：02-22281598
e-mail：ink.book@msa.hinet.net
網　　址　舒讀網http：//www.sudu.cc

法律顧問　漢廷法律事務所
劉大正律師
總 代 理　展智文化事業股份有限公司
電話：02-22533362・22535856
傳真：02-22518350
郵政劃撥　19000691　成陽出版股份有限公司
印　　刷　海王印刷事業股份有限公司

出版日期　2009年 2月 初版
ISBN　978-986-6631-51-1

定價　270元

國家圖書館出版品預行編目資料

功過難斷：李鴻章 / 張家昀著.
－－初版.－－台北縣中和市：INK印刻文學,
2009.02　面；　公分.--（從前；11）
ISBN　978-986-6631-51-1（平裝）
1.（清）李鴻章　2.傳記
782.878　　98000848

版權所有・翻印必究
本書如有破損、頁或裝訂錯誤，請寄回本社更換

INK

INK INK INK INK INK INK
K INK INK INK INK INK IN
INK INK INK INK INK INK
K INK INK INK INK INK IN
INK INK INK INK INK INK
K INK INK INK INK INK IN
INK INK INK INK INK INK
K INK INK INK INK INK IN
INK INK INK INK INK INK
K INK INK INK INK INK IN
INK INK INK INK INK INK
K INK INK INK INK INK IN
INK INK INK INK INK INK
K INK INK INK INK INK IN
INK INK INK INK INK INK
K INK INK INK INK INK IN
INK INK INK INK INK INK
K INK INK INK INK INK IN
INK INK INK INK INK INK
K INK INK INK INK INK IN
INK INK INK INK INK INK
K INK INK INK INK INK IN
INK INK INK INK INK INK

INK INK INK INK INK INK
K INK INK INK INK INK IN
INK INK INK INK INK INK
K INK INK INK INK INK IN
INK INK INK INK INK INK
K INK INK INK INK INK IN
INK INK INK INK INK INK
K INK INK INK INK INK IN
INK INK INK INK INK INK
K INK INK INK INK INK IN
INK INK INK INK INK INK
K INK INK INK INK INK IN
INK INK INK INK INK INK
K INK INK INK INK INK IN
INK INK INK INK INK INK
K INK INK INK INK INK IN
INK INK INK INK INK INK
K INK INK INK INK INK IN
INK INK INK INK INK INK
K INK INK INK INK INK IN
INK INK INK INK INK INK
K INK INK INK INK INK IN
INK INK INK INK INK INK